櫻子さんの足下には死体が埋まっている

蝶は聖夜に羽ばたく

太田紫織

角川文庫
22339

目次

ばあやさん(沢梅)

九条家に仕える、櫻子の世話係。料理上手で聞き上手。

館脇正太郎

平凡な高校生。櫻子さんのせいで、奇妙な事件に巻き込まれがち。

九条櫻子

骨を愛でるのが大好きなお嬢様。標本士でありながら検死もできる。

櫻子さんの足下には死体が埋まっている Characters

内海洋貴（うつみひろき）

交番のお巡りさん。正太郎の知り合い。元気で明るい性格。

磯崎 齋（いそざき いつき）

正太郎のクラスの担任。生物教師。残念な性格の美形。

鴻上百合子（こうがみゆりこ）

正太郎の同級生。明るい性格だが、祖母を喪ったトラウマを持つ。

山路巡査（やまじじゅんさ） 正義感が強い。行方不明の兄を探しているというが……。

千代田薔子（ちよだしょうこ）

櫻子の許婚の従姉。櫻子とも親しい間柄。

阿世知蘭香（あぜちらんか）

ゴスロリテイストな、正太郎のクラスメイト。

今居陽人（いまいはると）

正太郎の親友。テニス部所属。百合子に片想い。

花房（はなぶさ）　蝶形骨を集めるシリアルキラー。現在行方不明。

イラスト／鉄雄

プロローグ

バタフライエフェクト——バタフライ効果という理論があるそうだ。

『今日1匹の蝶が北京ではばたけば、翌月ニューヨークで嵐が起きる』というよくわからない理論だ。

『風が吹けば桶屋が儲かる』ということわざに近い意味だと言うが、桶屋が儲かるまでの筋道がはっきりしている風が〜に対して、バタフライ効果の方は北京ではばたいた蝶が、どうやって遠く離れたニューヨークで嵐を起こすのか、具体的な理由はわかっていない。

でも、世の中っていうのは、そういうものかもしれない。

どこで誰に出会って、どう動いたか。

僕の知らないところで、どこかですれ違った蝶がはばたいて、見知らぬ場所で嵐を起こしているのかもしれない。

人間は一人では生きていけないから。

どんなに孤独だと思ったとしても、どこかで誰かの人生に繋がっている。

そうだ、人は繋がっているんだ。まるで血管のように。

僕が出会った人達——そしてその向こう側の知らない人達。

その一人一人の人生が、僕の心臓を動かしている。

だったら、人の絆が血管だとしたら、骨はなんだろう。

頑強で、脆くて、人間を内側で強く支える物——愛、だろうか？

設楽先生は、骨は真実だと言った。

櫻子さんは、骨が自分の全てだと言った。

僕にとって、骨は愛だ。

身体の中心で、人を支えて動かすもの。

ずっと昔、愛はもっと清らかで美しいものだと思っていた。

でも僕は、なんにもわかってなかった。

母さんのアパートに暮らしていた清美さんを、聖女のように想っていたように。僕はなんにもわかっていなかった。

僕はまだ子供だった。

人はどうやったら大人になれるんだろう？　時計を早回しする方法が知りたい。


僕を半ば強引に車に乗せた好美さんに、僕はひどく緊張していた。

気をつけていたはずなのに、我ながら呆れるほど油断してしまった事が悔しい。

運転席で、彼女はとても思い詰めた表情をしていた。

彼女は花房の亡霊なのだろうか？　それとも僕と同じ、巻き込まれてしまっているのか——多分後者だろう。

その証拠に、ハンドルを握る好美さんの手が震えていた。

でも、だからこそ怖かったのだ。思いあまって、彼女が何をするかわからなかったから。

一度死にかけた事で、昏い覚悟を強めてしまったのかもしれない。

ああ——彼女の言うとおり、僕は好美さんを救うべきじゃなかったんだろうか？

あの時確かに僕は、僕の手は、全身は、好美さんの心臓だったのに。

人生は本当に分からない。

僕の選んだ道が、はばたきが、どこでどんな風を吹かせていたのか。僕はわかっていなかった。

そして誰の起こした風に揺さぶられていたのか。

丁度一年前に刺された傷跡が、不意に痛んだ。

街中を飾る、クリスマスの『赤』が、僕には血の色に見えた。

第壱骨　鴻上百合子の場合

■壱

アメリカやヨーロッパでは、クリスマスは家族と過ごす日だと言うけれど、日本は友人か恋人と過ごす日だ。

今、いちばん大切な人と過ごしたい日。

朝一番、一緒に祝いたいと最初に浮かんだのは蘭香（らんか）だった。

クリスマスに一番近い日曜日、朝ご飯を食べながら、今日は女友達とクリパするという私を、いつまで経っても子供とパパが笑う。

そんなパパを、ママが「パパはちょっと古いのよね」と苦笑いした。

そうだよ、別に誰と祝ったっていいじゃない。別に恋人なんかいなくても。

それに私は、ずーっとずーっと大人になっても、蘭香を、友達を一番大事にしたい――

――勿論（もちろん）、その『友達』の中に舘脇（たてわき）君と、櫻子さんがいてくれたら、もっと嬉（うれ）しいけれど。

パパとママの会話を聞いて、楽しくもないのに笑いの形に歪（ゆが）んでいる、自分の口元に気がつく。

私の一番の特技は笑顔。昔から。面白くも無いのに、気がついたら笑ってる。

身長が伸びるのに合わせて、笑うのがもっともっと得意になったけど、本当に『面白い』って気持ちがわからなくなっていた。

でも蘭香と一緒にいると、気がついたらお腹がいたいくらい笑ってる。やっぱり、自然に笑える相手が側にいてくれるのが、幸せ。

だから改めて思う。蘭香と本当の意味で友達になるきっかけをくれた、館脇君と櫻子さんに感謝しなきゃって。

蘭香は午前中用事があるみたいで、会うのは午後遅めからの約束だった。

一緒にレアチーズケーキを作って、夕ご飯にザンギと手巻き寿司(ずし)でパーティしてから、チーズケーキを食べてのお泊まり会の予定。

だから一人の午前中は、やっぱり館脇君だけじゃなく、櫻子さんのクリスマスプレゼントも買いに行こう——そう思って、出かける支度をしていると、電話が鳴った。

誰だろう？　そう思ってスマホを覗(のぞ)くと、他の誰でも驚かないけど、この人なら驚くっていうくらいの、磯崎(いそざき)先生からだった。

『これから暇？』

ハイ、と出るなり第一声。

「暇……ではないですけど、何かありました？」

『お昼からクリスマスパーティに誘われたんだけど、一人では行きたくない』

「……それで、なんで私に電話を？」

先生なら、他の誰だって誘えるはずなのに？

『九条(くじょう)さんも正太郎(しょうたろう)も予定があるらしいし、梅(うめ)さんも腰が痛いって言うから』

その人選って――ベッドに座って、タイツを引き上げる手が思わず止まる。

「その声のかけ方って、もしかして櫻子さんの周辺の方のお誘いって事ですか？」

『そ。千代田さん。櫻子さんの婚約者の親戚の』

私も前に会った事がある。いつかの九条家のパーティで。綺麗な女の人だったけれど、
その人がどうして磯崎先生を誘ったのか、ちょっと好奇心めいたものが湧き上がった。

「それで、どうして磯崎先生が招待されたんですか？」

『郊外に家を買ったから、お披露目ついでにクリスマスパーティを開こうと思ったらしいよ。千代田さんとは、園芸関係の事でお互いに相談し合ったり、やりとりしてるんだ。まあ会話の十割植物の話題だけど』

それでどうして磯崎先生が選ばれて、更に彼が私を誘ったかと言えば、元々櫻子さんたちも一緒に招待されていたけど、二人とも急用でこられなくなったし、いくら花の関係で話をする事はあっても、だからって二人でパーティするのは気が詰まるという事らしい。

『迎えに行くから、蘭と一緒についてきて。君は世間話とか愛想笑いとか得意でしょ』

「えー……」

なんて酷いいいようですか――でも否定できないのがくやしい。

それに磯崎先生と薔子さんが二人きりっていうのは、なんだか薔子さんも可哀相な気がする。っていうか二人でお花のこと以外何を話すんだろって、私でも思った。

「いいですけど、蘭香は夕方くらいまで用事があるって。お昼からなら、私しかいけませんけど」

『じゃあ後で蘭も迎えに行くから、とりあえず一緒に来て』

これから迎えに行くと短く言って、彼は電話を一方的に切った。

もう……。

館脇君なら、パーティと聞いて美味しいご飯に飛びついていくのかもしれないけれど……仕方ない、蘭香にも連絡すると、『別にいんじゃない？　ザキイソに貸し作ってやろ』なんて返事が来た。

ん、もう。

でもいきなりパーティって言われても、何を着たらいいだろう。

薔子さんはとても綺麗な人だ。デニムパンツにパーカーなんてラフな格好で、駅前に買い物に行こうとしていた私は、仕方なくクローゼットをひっくり返した。

ドレスとか持ってないし、そこまで本格的なパーティではないだろうけれど、せめてスカートにしよう。

悩んだ末、白いニットと緑系のチェックのミモレ丈スカート。白いファーが可愛い赤いコートまで着たら、さすがにちょっとクリスマスカラーを意識しすぎだろうか？

せめてスカートだけでも変えようか。ミモレ丈だと足首が寒いかな？　もう少し長い方が……なんて鏡の前でしかめっ面をしているうちに、磯崎先生が来てしまった。

急いで鞄をひっつかんで、結局そのままのスカートで行くと、磯崎先生は私を見て少し笑った。

「……なんですか」

「いや、クリスマスツリーみたいな格好で来たから」

「いきなり来ておいて、そんな事言うなら帰りますけど」

思わずムッとして答えると、先生は「別に僕は気にしないけど」と言った。そりゃ先生は、自分の事しか考えてないからそうでしょうけれど。

でも自分にセンスがないのは自覚がある。いつも雑誌とかのコーデをそのまんま着て、お手本通りで誤魔化しているけれど、自分でどうにかしろと言われると、途端に自信がなくなるのだ。

蘭香みたいにオシャレになりたいと洩らすと、先生は少し首をひねった。

「蘭香の服装をマネるのもどうかと思うけど」

そこまで言うと、先生は「でもまあ、着たいものを着ればいいんじゃない？」と言った。先生はパーカーにジーンズ姿だ。

「………………」

それなら私も頑張らなくて良かった。

最近、色々な事を上手にできない自分が目に付く。ガラスに映る空回りの自分に苛立ちを感じた。

途中、先生と櫻子さんが大好きなケーキ屋さんに寄った後、薔子さんの新しい家を目指した。

永山の外れ、牛朱別川沿いの、完全なる田園地帯を、磯崎先生の可愛い車が走る。

やがてたどり着いたのは、ちょっとレトロな佇まいの平屋のお宅だった。

夕べは急に沢山雪が降ったけれど、こっちの方は特に雪が多かったらしい。狭いスペースにやや強引に車を駐めて、かろうじて雪をかき分けて作った、玄関前の細い道を進んだ。

タイツが少し濡れて、ショートブーツの隙間に伝った。足首が冷たかった。

「まあ！　いらっしゃい。来てくれて嬉しいわ」

インターフォンを鳴らしてすぐに、薔子さんが私達を出迎えてくれた。

淡いベージュのニットワンピースがとても上品で素敵で、私は自分の服が恥ずかしくなった。

「ごめんなさい、まだお部屋の中が暖まってないのよ。これからちゃんとリフォーム予定なんだけど」

踏み出すと、ギ、ギ、と音を立てる廊下と、少し湿った古い匂い。

不意にお祖母ちゃんの家を思い出した。

無人になったお祖母ちゃんの家に似ている、人のいないお家の匂い――。

「元々耕治の――親類の子の、父親が管理していた家なんだけれど、彼も亡くなってしまって、ずっと空き家だったの。でもお庭が広いし、平屋だし、私が好きに使ったら？って、少し早いクリスマスプレゼントに貰ったのよ」

薪ストーブが赤々と燃えるリビングに私達を招きながら、薔子さんが言った。

クリスマスプレゼントに、古いとはいえお家を一軒貰ってしまうんだ……私達とのスケールの違いに目眩がする。

「……でもここをリフォームするなら、いっそ建て直した方が早いんじゃないですか？」

と、磯崎先生が言った。

「そうなんだけど……かつては私のお祖父様の弟、東藤龍生という画家が所有していた家なの。壁とか床の所々に絵の具の跡が残っているから、すべて消してしまうのは、なんだか寂しくて」

それにこの雰囲気も好きなの、と薔子さんは笑った。

「それにね、旭川の家は手放して、当面は札幌のマンションで暮らす事が増えそうだし、ここは主に別荘使いしようと思って」

私はその画家さんを知らなかったけれど、スマホで調べると、どうやら市内だけでなく、道内の公共施設でも絵が飾られた、有名な画家さんだったみたいで、私も見たことがある作品も何点かあった。

以前はお弟子さん達も出入りしていたというけれど、東藤先生が亡くなった後、お弟子さん達も少しずついなくなってしまったため、絵を描くのが好きだった親戚の方が引き継いだのだと、紅茶を入れながら薔子さんは教えてくれた。

　先生を見ると、私達の話なんて全然聞かないで、テーブルの上のシクラメンの花のお手入れを始めていた。

　そんな磯崎先生に気がついて、私は思わず苦笑いしてしまったけれど、薔子さんは気にするどころか嬉しそうに、笑顔のまま頷く。

「それでね、家の中はともかくとして、別荘だとしても、やっぱりお庭にだけはこだわりたくて。維持のことも考えて、庭師の方を雇おうと思ったんだけれど……せっかくなら磯崎君が好きに弄ってくれたらどうかしらって思ったの」

「…………」

　急に話題を振られた磯崎先生が、彼にしては珍しく、きょとんとした顔で薔子さんを見た。

「勿論経費だけでなく謝礼も払うし、私がいない時は、貴方が別荘を好きに使っても構わないわ。手入れが追いつかないようなら、更に人も雇うけれど、せっかくだから貴方が好きにデザインして欲しいのよ」

　それが破格の申し出だって言うのは、私だって分かる。だってお金とかは気にせずに、しかも逆にお金を貰って、お庭を好きに弄れるなんて――お花が大好きでたまらない磯崎先生にとっては、こんな素敵なお話はないと思った。

「……さすがに条件が良すぎて怖いですけど」

でもそこは先生だ。うれしさを滲ませつつも、しっかり疑うことは忘れずに、努めて冷静な口調で言った。

「条件が良いのは私も同じよ。だって磯崎君だもの、女性を連れ込んだりとか、悪い事には使わないだろうし、全身全霊を込めた、とびっきり綺麗なお庭にしてくれるでしょう？」

それは確かに、と私も思った。先生に限って、きっと女性はない。

うんうんと横で頷いている私に、薔子さんも「ね？」と満足そうに頷いて、磯崎先生の答えを待った。

「まぁ、勿論ゆっくり考えて――」

「やります」

「あら」

「やらせていただきます」

言いかけた薔子さんの言葉を遮るように、磯崎先生がちょっと身を乗り出す。

そのほっぺたが、少し赤いのは、薪ストーブのせいだけじゃないと思う。

「じゃあ、交渉成立ね。どのみち本格的に庭を弄るのは雪が解けてからになるでしょうし、一冬ゆっくり考えて、素敵なお庭にして頂戴ね」

そう言って薔子さんは、磯崎先生に紅茶を差し出した。

先生はそれを、なんだか拗ねたような表情で啜った。

■弐

「ゆっくりって言っても、冬なんてあっという間ですよ。千代田さんの希望は何かあるんですか？」

仕切り直すように、軽く咳払いをしてから、磯崎先生が言った。

優雅でふわふわしているのに、なんとなく底知れないというか……見た目通りじゃなさそうな、不思議な雰囲気の薔子さんを前にすると、磯崎先生でも緊張したり、ペースを崩したりしてしまうらしい。

あの櫻子さんですら、こんなに先生をあたふたさせないのに……。

すごい人だ……そう思いながら、私も紅茶の湯気ごしに薔子さんを見た。

私と磯崎先生に、またにっこりを返してから、薔子さんは「そうね……」と、自分の頬に手を当てる。

「平屋で、部屋数だけは多いから、春のお部屋、夏のお部屋……というように、お部屋ごとに季節の庭が見れるように出来ないかしら？　それでその時期一番お庭の綺麗なお部屋で寝られたら、とっても素敵でしょう？」

ねぇ、百合子ちゃん？　そう突然同意を求められて、私はがくんがくん頷いた。目眩がしそうなくらい。

　だって、そんなのあんまり素敵すぎる。

「では、最低でも三つのブロックの庭という事ですね？」

「春のお庭は二種類が良いわ。梅や桜や、ツツジ、レンギョウなんかが綺麗なお庭もだけれど、エゾエンゴサクやエンレイソウのような、スプリング・エフェメラルが広がるお庭も素敵でしょう？　元々群生してるみたいだから、それは一角残して欲しいの」

　スプリング・エフェメラル？　と薔子さんの言う、聞き慣れない単語に、思わず磯崎先生を見た。

「雪解け後に一斉に咲いて春を告げる、福寿草（ふくじゅそう）なんかの野の花たちだよ。春の妖精（ようせい）とも言うんだ。本格的な春が来る前に、咲いて消えてしまう花たちだから」

　スプリング・エフェメラル——春の儚（はかな）いものという意味だと薔子さんも言った。

　雪解けの頃に芽吹いて広がり、夏が来る頃には次の春まで地の底に姿を消す、春の妖精達。

「花だけじゃなくて、春先の虫達もそう呼ばれるんだ——例えばヒメウスバシロチョウ。我先にと孵化（ふか）すると、エゾエンゴサクやエゾキケマンなんかの若葉を食べて、初夏の訪れと共に姿を消す」

　ヒメウスバシロチョウ——その響きに聞き覚えがあって、私はなんとなく首を傾げた。

いったいどこで聞いたんだっけ……。

思い出す前に、食事にしようと言われてしまって、私はそんな自分の物忘れのことも忘れてしまった。大事な事だったはずなのに。

でもそのくらい、薔子さんが用意してくれたランチは美味しかった。

旭川よりもっと、北海道の北に位置する滝上町産のローストターキー。

それをたっぷりベーグルに挟んだターキーサンドと、なんともいえない綺麗な桃色をしたローストビーフを、それはもう薔薇の花びらみたいにぎゅっと詰め込んだ、バゲットサンド。

初めて七面鳥を食べた。鶏肉とはちょっと違う独特の香りがして、ちょっとパサッとした淡白な味だったけれど、酸っぱくて甘いクランベリーソースと、びっくりするくらいよくあった。

甘くて酸っぱくてしょっぱくて、ローズマリーのいい香りがして、初めて食べる味だったけれど、とても美味しい。

ローストビーフも上手く焼かないとパサついた感じになるけれど、すごくジューシーで、華やかな胡椒の香りと、たまーにツンと鼻を刺す、刺激的な山わさびが、ちょっと多めに入っていて、ざくざくの焼きたてバゲットも、噛む度に私を幸せにした。

「残念ですね、館脇君がいたら、絶対に食べたがるのに」

先生ですら、美味しそうにぱくついているのを見ながら、私はそう心の底から館脇君の不運を嘆いた。こんな美味しいサンド、１００％大好きに決まってる。

「そのつもりで沢山作ったから、後で持って行く予定なの。仕方ないわ。櫻子に正ちゃんといらっしゃいと言っただけで、直接彼に伝え忘れていたの。だって櫻子だもの、ちゃんと事前に彼に伝えておいたりしてくれなくて」

残念そうに薔子さんが苦笑いする。

七面鳥をまるごと貰ったので、せっかくだからみんなで美味しくいただこうと思ったと彼女は言ったけど、でも一番の目的は、磯崎先生だったらしい。

きっと磯崎先生なら、とても綺麗なお庭を作るだろう。私にもそういう趣味が何かあれば良いと思った。百合子と言えば、と、誰かに期待して貰えるような。

「でも、そんなに沢山部屋があるんですか？」

他にもサラダや、フルーツ、そして差し入れたタルトケーキを食べて一息つきながら、先生が問うた。

「ええ。昔は身の回りのお世話もしてくれる、お弟子さんたちが何人もいたそうだから」

作家さんのお世話をする書生というお弟子さんの話を聞いたことがあるけれど、画家さんだったら画生というのだろうか？　そんな事を思いながら、「案内しましょうか」と席を立った薔子さんを見上げた。

今は外を見ても雪景色だろうけれど、先生もなんとなくの雰囲気だけは確認しておきたいそうだ。

結局二人とも、ずっとお庭の話をしていて、私がわざわざ来る必要はなかったんじゃ？　って思いながら、二人の少し後ろを歩いた。骨の話で盛り上がっている、櫻子さんと館脇君を後ろから、眩しい気持ちで眺める時のように。

「まだ全然片付いていないから許してね。私もね、ここに来るのは三回目なの」

一度目は、この家を使わないか？　と問われた時、二度目は所有すると決めた時だそうだ。一冬かけてのんびり家を整理しながら、リフォームをし、夏頃には人を呼べるようにしたいと、彼女は言った。

そして、一番弟子の方が使っていたという部屋に、まず案内して貰った。今はほぼ作品用倉庫になっているらしい。

「作品って言っても、龍生のではなく、お弟子さんたちの描いた絵なんだけれど」

可能ならお弟子さんやそのご家族に、全て返して行きたいそうだけれど、誰の作品なのかわからない絵も多いそうだ。

ぎい、と鈍い音を軋ませ、ドアを開けると、ほこりっぽい冷たい空気が一気に流れ出してきた。

薄暗い部屋のカーテンを開けると、確かにそこには、沢山のキャンバスが無造作な程に重ねられていた。

「倉庫にしてるっていう事は、こっちは北向きですか」

私がつい絵に気を取られている間に、先生が窓の外を見ながら言った。

「どうしてですか？　寒いから？」

「いや。単純に日差しが入らないから、絵や本が日焼けしにくい」

「あ、そっか……でも、じゃあ、お庭が作りにくいんじゃないですか？」

我ながらとぼけたことを聞いてしまったけれど、日差しが弱いって事は、植物も育ち難いんじゃないのだろうか？

「問題ないよ。シェードガーデン、つまりは日陰の庭というものもあるんだ。むしろ暑い盛夏はここで休んで貰えば良いかもね。幸い遮蔽物もないし、そこまで全く日が当たらないわけでもない」

先生は窓から外を眺めながら、嬉しそうに言った。私の目には、なんにもない真っ白い、もこもこした雪景色しか見えないけれど、先生の頭の中には、きっともう綺麗なお庭があるんだ。

「コケで覆った、和風の庭園がいいかもしれないですね。紫陽花はとても美しい。定番もいいですが、銀河や万華鏡、てまりてまりなんかも試してみてはどうでしょうか？」

「だったら、京都の柳谷観音のように、手水鉢のようなものも作れないかしら。花手水の紫陽花は、夢のように綺麗でしょう？」

「そうですね、優美で冷静な花も良いですが、ぱっと目をひくような、手まり咲きのも何種類か――」

二人が熱心に話し始めてしまったので、手持ち無沙汰の私は、重ねられたキャンバスに目を移した。

ほとんどが風景画や、動物、無機物の絵で、お祖父ちゃんの事を思いだす。認知症を患う前は、お祖母ちゃんと出かけて、色々な場所を絵に残していた。

写真とはまた違う、筆のあとの上に、人の心やぬくもりのようなものを感じる。

触れた一角は、まさに花の絵が纏めておかれていた。旭川らしい快晴と大輪のひまわりが描かれたキャンバスを手に取り、しばらく眺め——丁度その下に、紫陽花の花の絵を見つける。

確かに紫陽花ってとっても綺麗だ。小学校の頃、夏休みにお祖父ちゃん達に、お花のとっても綺麗なお寺に連れて行ってもらった。確か洞爺湖の近く——伊達市だっただろうか。

「…………」

そんな事を思い出しながら、紫陽花の絵を手にした。

赤色、紫色の紫陽花の周りを、黒い蝶が舞っている。

「……あ」

なんだろう、このお庭、どこかで見たことがある気がする。

そして綺麗な花を引き裂くような、不吉な黒、真っ黒いアゲハチョウが……。

「あら！」

その時、後ろから薔子さんの、驚くような声がして、私は思わずびくっとなった。

「あ、ご、ごめんなさい、勝手に……」

「いいえ、そうじゃなくて」

慌てて勝手に触ってしまったことを謝罪する。けれど薔子さんは首を横に振り、そして私の持っていた絵を、そっと取り上げた。

「そうだったの……ずっと探してたんだけど、ここにあったのね」

しみじみと、黒い蝶の絵を見て、どこかほっとしたように薔子さんが言った。

「大事な絵なんですか？」

「ええ……そうね、これは本当は櫻子が持つべきだから」

「九条さんが？　彼女が絵を大事にするとは思えませんけど」

先生が肩を竦める。

「でも、彼女の伯母の絵なのよ」

薔子さんは苦笑いした。

「これはね、雅号は阿菊さん――彼女の伯母であり、画家でもあった九条薫子さんの絵なの。中でもこの絵は、日本画壇の新人賞を取った絵で、彼女の代表作なのよ。夭折されていなければ、きっと北海道を代表する画家の一人になっていたでしょうね」

でもそんな大事な絵なら、どうしてここにあったんだろう？　素直にその質問をぶつけると、薔子さんは「ああ」と声を上げた。

「彼女も以前は龍生に師事していたの。一時的にだけれど。でもそのせいでしょうね」

「一時的？」

と聞いたのは磯[illegible]先生だった。
[illegible]性だったけれど、変わり者だったから。龍生とは合わなかったんで

「ええ……綺[illegible]女に才能があったから、余計に煙たがられていたのかもしれないわね」

しょう。な破門されたんじゃなかったかしら、と、薔子さんは呟くように言った。

途中で[illegible]か……櫻子さんみたいな？」

「変[illegible]っと待ってね……多分隣のお部屋にあるわ」

[illegible]言って、薔子さんは隣のお部屋に向かった。

「[illegible]して、彼女がこれよ、これ……と写真の束を手に戻ってくる。

[illegible]れるまま覗くと、それは少し古びた集合写真だった。お弟子さんと、その龍生

[illegible]ろうか？　一人の老人を囲むように、若い画家達が寄り添っている。

[illegible]の中で一人だけ、くっきりと異彩を放つ、美しい女性がいた。

[illegible]思議とあの絵の中の、真っ黒い蝶が彼女の姿に重なって見えた。

「……綺麗な人」

思わず口にしてしまうほど、その人は綺麗だった。まっすぐで長い黒髪、すらりと長い手足、古びた集合写真ごしでも、はっきりとわかる黒々とした眼差し。

すぐにわかった――この人が阿菊さん。櫻子さんのお母さんのお姉さん。

「こっちはもっと素敵よ」

薔子さんが写真をもう一枚差し出してくれた。それは男物の着物を着流し風に纏い、不敵に笑う阿菊さんの写真だった。

「九条さんによく似ていますね」

と、磯崎先生が言った。確かに写真の中の女性は、面差しや雰囲気が、櫻子さんにとても似ている。

「そうね、正確には櫻子が似ているんでしょうけれど……見た目以上に、雰囲気じゃないかしら。お沢さんが性格もよく似てるって言っていたわ。お沢さんは櫻子の母親よりも、薫子さんの方と仲が良かったのよ。だからいっとう、彼女によく似た櫻子が可愛い[illegible]のね」

「性格もって事は、ご一家は随分苦労されたんでしょうね」

磯崎先生が、表情も変えずに失礼な事を言う。

「[illegible]、折って……そんなに早く亡くなられてしまったんですか？」

[illegible]質問に、薔子さんは少しだけ答えあぐねるように、形の良い下唇を噛んだ。

私の方[illegible]ど不躾だった事に気がついた。

「あ、そう[illegible]ね、ごめんなさい、余計な事まで……」

「いいえ……[illegible]話していい事なのか悩んだだけよ。でもその気になれば、今はネットで調べられるでしょう。阿菊さんは、本当に将来を有望視されていたから」

　薔子さんは眉を寄せ、苦々しい表情でそう絞り出し、そっと指先で写真を撫でた。笑う阿菊さんの口元を。

「……九条家は、代々男の子に恵まれない家系だったの」

　少しの沈黙の後、薔子さんはそう切りだした。

「櫻子の父親も、祖父も、婿養子なのよ。父親の設楽家は、逆に男ばかりが生まれる家系でね、だから櫻子のお祖父様が、半ば強引に薫子さんの結婚の話を纏めたらしいけれど……薫子さんは、それが本当に嫌だったのね」

　古い櫻子さんのお家が、跡取りという問題に頭を悩ませていたのだろうって事は、想像も付くけれど、親の決めた婚約者に嫁ぐだなんて、もう時代錯誤な話だと、私も思った。

　阿菊さんには既に想い人がいたそうだ。

　あの写真の、櫻子さんによく似た雰囲気から、少し想像が付かなかったけれど、彼女は一番悲しい方法で、親の望んだ形の結婚を拒んだ。

　結納の日、同じく龍生に師事していた若い画家の一人と、阿菊さんは川に身を投げて心中した。

　彼は幸い救助され、一命は取り留めたけれど、阿菊さんはご遺体も見つからなかった。

　結局妹さんの方が嫁ぎ、櫻子さんが生まれた。

「そしてやっと生を受けた念願の男の子。惣ちゃんが死んでしまったあの日から、九条家の時間は止まってしまったんだわ」

蔷子さんが寂しげに、悲しげに言葉を吐き出した。

櫻子さんとお母さんの仲が、あんまり良くなかったって言うのは、館脇君や時々話してくれる櫻子さんや、ばあやさんの言葉から、私もなんとなくわかってた。

だから、ずっと櫻子さんの事を、可哀相だと思ってた。

苦しんでいる人だからって、誰かを傷つけていい訳じゃないけれど。

でもお姉さんの死と、子供の死——色々な不幸に、お母さんは十分傷ついていたのだとしたら……。

家っていうのは不思議な所なのかもしれない。

いつも、誰にとっても一番普通の場所。普通であるべき場所。

でも外から見ると普通に見えるのに。みんなその内側には秘密を、痛みを抱えている。きっと。どんな家も。

秘密や哀しみの太い根が、地の底で広がっているんだ。まるでひっそり地下で次の春を待つ、スプリング・エフェメラル達のように。

しんみりとしている蔷子さんの横で、私もしばらく写真と絵を見ていると、磯崎先生は一人興味がないように、色々な花の絵に手を伸ばしていた。

そのうち彼が、部屋の隅に、他の絵と違って額に入った絵を手にする。

「……この絵」

でもふっと、何かに驚いたように、彼は表情を強ばらせた。

「どうしたの？　気に入った絵があった？」

「いえ……ただこのタッチに見覚えがあっただけです」

絵から顔を上げた先生の表情は、何故だか血の気がひいたように青ざめている。

「見覚え？　誰の絵かしら……」

私もお弟子さん全てのタッチを把握している訳じゃない——そう前置きしつつも、薔子さんが手を伸ばす。

けれど磯崎先生は、すぐにその絵を渡さなかった。

「どうしたの？」

不思議そうに薔子さんが問うた。

先生は少し躊躇して——でも結局何かを覚悟したように、唇をきつく結んで、絵を薔子さんに差し出した。

「この絵、誰の作品なのかおわかりですか？」

「これは……サインが無いけれど、薫子さんじゃないわね。お弟子さんの一人の絵だと思うけれど……」

それはこの部屋にあるどの絵よりも暗い色の——そう、見ているだけでざわざわ、心が不安になるような絵だった。

黒や茶といった、セピアやモノトーンに近い、昏い陰影で描かれたその絵には、花と蝶が描かれていた。

でも花の色は黒。種類は牡丹か芍薬だ。黒い牡丹なんて見たことがない。

そして牡丹に群がる蝶も、焦げ茶色で、蝶というより蛾のよう。

しかもその羽根の模様がまた奇妙だ。

羽根に大小七つの点があったけれど、よく見るとそれは、全部人間の目だった。

怪奇画とでもいうのだろうか——そして気がついた、絵はどうやら連作のようで、同じタッチの絵が、もう三枚あった。

別の三枚には、枯れた黒牡丹や燕が描かれている。

「……事に感ず」

思わず私の口から、困惑が溢れた。

あの詩だ。

私を攫った人達の。

■参

「これ……連作ですよね？」

「え？　ええそうよ」

「きっとこの絵のモチーフは、『事に感ず』という詩だと思います……ただ最後の四枚目は、詩の意味から外れているような……」

花に満ちる蝶、枯れた花から遠ざかる蝶、枯れた花の側を飛ぶ燕――そして地面に横たわる遺体を啄む燕と、その血を吸う蝶が描かれていた。

花開けば 蝶枝に満つ／花謝すれば 蝶還稀なり／惟旧巣の 燕有りて／主人 貧しきも亦帰る――そう詩をそらんじる。

もうすっかり覚えた。誰かが新聞に残したメッセージ。

ただ詩がモチーフだとしたら、たとえ花（※富を意味している）を失い、主人が貧しくなろうとも、蝶と違って真面目な燕だけが側に残る――そんな絵になるはずなのに、これでは……。

「いや、蝶の生態としては間違っていない。確かに蝶は花だけでなく、人の亡骸さえも苗床にする――これは、この蝶はおそらくクロヒカゲだ」

先生が少し上擦ったような声で言った。

そんな私達に、薔子さんが困惑したように、少し首を傾げてみせる。

「ああ……この絵ね。元々壁に飾ってあったんだけれど、ちょっと気持ち悪いでしょう？　しかもこの目に一斉に見つめられてるみたいで……。私が下ろしてしまったの」

見つめられているみたい？

「あ、あの！　どう、飾ってたんですか？」

「え？　ここではなくて、奥の離れの方なのだけれど……」

　思わず身を乗り出して聞いてしまうと、薔子さんは私と磯崎先生の動揺に驚きながら、「案内するわね」と言ってくれた。

　四枚の絵を手に、歩き出す薔子さんの後を追う。

「この絵はね、多分龍生のものではないけれど、筆遣いは似ているの。おそらく、普段から彼の絵を手伝っていた弟子の一人だと思うわ」

　やがてたどり着いたのは、他の部屋とは違い、窓が随分高い位置にある、8畳ほどのお部屋だった。

　三方向に窓があって、日差しこそ入ってきているものの、天井に近いとても高い位置にあるせいで、目線の高さには壁しかない。

　なんとも言えない圧迫感のあるお部屋だった。

　ここは龍生先生の作業部屋だったという。

　日光が絵を傷めないためなのかもしれないけれど、なんとなく居心地が悪くて堪らない。

「こう……かしら」

　部屋の入り口で思わず立ちすくんでしまうと、薔子さんは再び壁に絵を飾り始めた。

　一枚でもおどろおどろしいのに、四枚飾ると余計にとても気持ちが悪い。

　しかも目だ。薔子さんが言っていた通り、まるで全部に見つめられている気がする。

　恐る恐るドアをくぐり、ドアの上に飾られた四枚目――死体の血を吸う蝶を見上げて、そして私は確信した。

　見ている。

　間違いなく、蝶は私を見ていた――いいえ、私じゃなく、一方向を。

　おそらくドアを、蝶達は見つめているようだった。

「蝶達は、一方向を見てます。このドアを……ドアに、他に何かありましたか？　絵とか……」

「いいえ、ここには何もなかったわ、私が知る限りでは」

　確かに蝶の目が見ているのは何もないドアだった。何か意味がある気がするのに、この視線の意味がわからない。

　じっと蝶の目を見るとざわざわして堪らない。しかもよく見ると、羽根の目の中でも大きな二つの目は、いくつもの目の集合体だった。

　その事にざわっと寒気が走った。

　この絵は、やっぱりおかしい。鬼気迫るような恐怖を感じる。

　その事を二人に話すと、先生は「蝶の目は複眼だから」と言った。

「複眼……」

「そうだね。六角形の個眼がアゲハチョウならオスで1万8000個、メスは1万5000個あるって言われているよ。オスの方が多いのは、オスはメスを視覚で探すからだ」

　そう考えたら、この目が目の集合体である事も、まぁ……猟奇的な意味ではないのかじゃないか――」

「はっきり断言は出来ないけれど、後翅中央に毛が生えているみたいだから、オスなん

続けて問うと、先生は腕を組んで、少し蝶を眺めた。

「それで……この蝶はオスなんですか？　メスなんですか？」

もしれないけれど。

「え？」

「オスの目……千代田さん、セロファンテープと、油性のペンはありますか？」

そこまで言って、磯崎先生ははっと気がついたように頭を上げた。

「青と紫の油性ペンです」

「油性ペン……ええと、セロファンテープもね、ちょっと待って」

蓄子さんは突然の質問に困惑しながらも、部屋の机の引き出しや、棚を探り始めた。

そして棚の一つは、どうやら画材や文房具専用の棚だと気がつくと、「手伝って」と

棚の中をかきまわして、私達にも探すように言った。

油性ペンは見つけたけれど、ほとんどがもう乾いている。

それでも三人で部屋をひっくり返し、なんとか先生の欲しがっているセロファンテー

プ一巻きと、青と紫の油性ペンを探し出すことが出来た。

「それで、これがどうしたの？」

蓄子さんが首を傾げた。私も同じ気持ちで先生を見た。

彼は作業机の前の、随分年季の入った木の椅子にギッと腰を下ろすと、唐突にスマートフォンを取り出した。

何をするかと思ったら、ライトの部分にセロファンテープを貼り、丁寧に青く塗りつぶす。そしてもう一枚テープを重ね、更に紫色に塗った。

「先生……？　何してるんですか？」

「これ、ブラインドですか？　下ろせます？」

先生が窓を指差し、薔子さんに問う。

「ええ、このヒモを引っ張ればすだれが下りるはずだけど……」

説明を完全に聞き終わる前に、窓から下がったヒモを引き、彼が窓からの明かりを遮ったので、私と薔子さんは顔を見合わせてから、それでも彼に倣い、すだれを下ろした。

古いすだれが傷んでいて、ところどころ隙間から細い光が入ってはきているけれど、部屋は夜の色になった。

先生がスマートフォンをドアにかざす。

スマホの明かりをつけると、青い光が怪しくドアに影を映す。

先生はそのまま、何かを探すようにドアをくまなく照らしていく。するとちょうどドアノブのすぐ横に、うっすらと黒い蝶のシルエットが浮かび上がった。

「簡易ブラックライトです」

先生は短くそう言った。

「スマホのライトで、簡単にそんな事が出来るのね？」

「あくまで簡易ライトなので、照らせないものもありますけど。パイン飴やエナジードリンクなんかを照らすと、蛍光色で浮かび上がって楽しいですよ」

そう先生が言ったので、思わず「すごい、学校の先生みたい」と口が滑ってしまった。

「蝶の目は紫外線を見ることが出来るんだ。モンシロチョウのメスの羽根は紫外線を反射し、オスは吸収する。だから彼らの目には、繁殖相手の羽根の色がはっきり違って見える」

「……本当ね。理科の先生みたい」

薔子さんも呟いたので、私は思わず吹き出してしまった。

「僕があんまり完璧すぎて、お二方にはそう見えないかもしれませんが、実は理科の先生なんですよ」

揃ってくすくす笑いしている私達に、ムッとしたように先生は言い返し、更にその蝶を、念入りに照らして調べた。

「……笑ってる場合じゃないですよ。黒く浮かび上がる物質の種類を全て網羅している訳じゃないので、絶対的な自信がある訳じゃ無いですが、こんな風に浮かび上がるのはおそらく体液です――何らかの血液かもしれない」

「血……」

途端に笑いがひいていった。

そんな……まさか……と、また私と薔子さんが顔を見合わせた。

「ドラマみたいに、光るわけじゃないんですね」

「あれはルミノール液を使用しているからだよ。しかもルミノール液をかけても、効果は数秒だから、本当はあんな風に、わかりやすくずっと光ったりしない」

「でも、血じゃない可能性もあるんでしょう？」

「血じゃないにせよ、ドアノブの横に体液で蝶を描くなんて、まともな神経の人間がやることでは無いと思いますけどね」

それは確かにそうだ。

先生はポケットからハンカチを出すと、それでドアノブをつかみ、ゆっくりと回した。

薄暗い廊下を照らすと、ドアよりも薄れて微かな蝶が、点々とどこかに向かって、一定間隔で床に描かれている。

うっかり汚れがついてしまったとか、そういう事ではないと、誰かが何かの意図で床に描いたと、私達はそう確信した。

カーテンをしめなくても、廊下は十分暗かった。

冬は日が沈むのが早い。時計は三時を過ぎていた、あと三十分もしないうちに、夕日に染まってしまう。はっと蘭香のことを思いだして自分のスマホを覗くと、『用事が出来たので行けない、また後で連絡する』と短いメッセージが入っていたので、残念よりもほっとした。

蘭香をこの、薄気味悪い蝶探しに巻き込みたくなかったから。

古い家の、薄暗い廊下を舞う、黒い蝶。

血色の黒蝶の足跡を、私達三人はゆっくりと、一歩一歩追いかけた。

冬の寒さとはまた違う冷気が、私の首筋をちくちく撫でる。ブラックライトが新しい蝶を見つける度、ぞわっと鳥肌が立った。

それでも私達は足を止めず、三人とも無言で蝶を辿っていくと、やがてリビングにたどり着いた。

カーテンをしめなおし、部屋の中を照らし出す。

足跡は一ヵ所を目指している。

やがて蝶は、ラグの下へと入り込んだ。さっき紅茶をいただいたソファの方に。

先生が確認するように薔子さんを見ると、彼女も頷いた。

私達は会話もなく、ソファをごとごとと動かし、ラグを引き剝がした。

でも残念ながら、そこはただ床板が広がっているだけだった。

「……何もありませんね」

蝶の足跡も、どうやら途絶えてしまった。

「もしかしてリビングからスタートして、ドアにたどり着くように私達を導いていたのかも？」

やっぱりあの離れの方に何かがあるんじゃないだろうか？

「だったら、ドアの外側に蝶がいるんじゃないかしら？」

「あ……」

言われてみるとそうだ。蝶の足跡は、ドアの内側からこのリビングに続いていた。

「……ビタミンドリンクはお持ちですか？」

床を眺めていた磯崎先生が、唐突に言った。

「え？」

「ビタミンBの入っているドリンクです。美容用のものでいいです」

「あるけれど……？」

蕾子さんが不思議そうに首を傾げつつ、冷蔵庫の中からドリンクを取ってきた。

「ちゃんと拭きますから」

「え？」

先生はそう前置きすると、私達があっと声をあげる間もなく、ビタミンドリンクを床にたらたらと垂らした。

そうして再びブラックライトで照らす。

ビタミンドリンクが、蛍光イエローにぱあっと浮かび上がった。

「ビタミンBは光ります」

と先生は短く言って、床を撫でた。軌跡を残すように、鮮やかに手の動きに合わせて光も動く。

「あ……」

やがて先生の手の下に、不思議な細い光の筋が浮かび上がる。

その周りを撫でつけると、何もない床の上に、大きな四角形の筋が浮き上がった。ぱっと見、木目で気がつかなかった溝に、ドリンクが流れ込んだのだ。

「これ……」

薔子さんが驚きを隠せない様子で声を震わせる。

「木目で上手く隠されていたようですが、納戸かなにかがあるみたいですね。床板が外せます」

ビタミンドリンクのお陰で、床の小さな段差もわかりやすく浮かび上がっている。そこに指を引っかけ、先生はちょっと手こずりながらも、床板を外した。

「百合子、明かりを」

先生に言われるまま、電気をつける。

「こんな所に扉があるなんて……」

誰がどうして、こんな風に隠すように地下室を作ったんだろう。

そしてなぜ誰かに伝えるように、黒い蝶の足跡を残したのか。

微かに頭痛がした。

心のどこかで、誰かが警鐘を鳴らしているような気がした。

それはよく映画で見る、アメリカ中部の竜巻よけの地下シェルターに似ていた。

床下に木製のドアがあった。

けれど取っ手を引っ張っても、ガタガタ震えるだけで開かない。

「鍵(かぎ)がかかってます」

「そうね……」

「思い当たるような鍵とか、残されていないんですか？　家を管理していた人も、この地下室の事は知らないんでしょうか」

「ええ、思い当たる鍵はないわ。知っていたら、その鍵もくれていると思うし……耕治は知らないんだと思う」

　薔子さんが腕を組み、扉を見下ろしながら、険しい表情で言った。

「……この家を、少し前まで管理していた人は建築家で、自分の別荘にも秘密の地下室を作っていた……」

　薔子さんが擦(かす)れた声で言った。

「じゃあ、その方がこの地下室を？」

「わからない。けれどそうかも……彼には秘密の恋人がいたし、その人のためかもしれない。でもわからないわ」

聞こうにも、彼も、その恋人も死んでしまったと、薔子さんは喉を震わせる。

「どうします？　鍵屋さんを呼びますか？　それともこのままに？」

先生が濡らしたキッチンペーパーで、床がべたつかないように、綺麗に水拭きしながら言った。

その質問に、薔子さんは不意に泣きそうに顔を歪めた。

「でも……また死体があるかもしれないわ」

「そんな馬鹿なことを。今日は九条さんも正太郎もいませんよ」

あんまり物騒な事を薔子さんが心配しているので、磯崎先生が苦笑いで言った。

「そうだけれど……」

だけど薔子さんは、確かにそこに死体があるかもしれないと、本気で心配しているみたいだった。

「……このままにしたくないわ。ドアは木製よね。壊しましょう。納屋に薪割り用の斧と氷割り用のツルハシがあるわ」

「いいんですか？」

それは随分強硬手段だ。先生の眉間に更に深い皺が寄った。

「いいわ。どうせもう私の家よ。リフォームの時になんとかします」

「今無理にやらないでも、鍵屋を――」

「わ、私がやります！」

どうしても気が進まなそうな磯崎先生に、私が割って入った。

だって肉体労働……しかもそんな破壊行為なんて、先生は絶対に嫌だろうし似合わない。だけど薔子さんの不安もわかったから。

私も櫻子さんたちと、ご遺体に会った事がある。その一人はお祖母ちゃんだった。

一度、二度と出会ってしまえば、また次も——そんな恐怖が胸を締め付ける。

だって絶対ないって言い切れない。

今までは絶対ないって思ってたのに、私は確かに死んでしまった人を見たんだ。

だから次だってあるかもしれない。

そんな不安に駆られている薔子さんを前に、やらないなんて言えなくて、私は雪の獣道をかき分け、納屋からツルハシと斧を引きずってきた。

やっぱりスカートじゃなくて、パンツにすれば良かったって後悔しながら。

それに斧もツルハシもさびが浮いていて、指が張り付くぐらい冷たくて、重い。

家の中でこんな物騒な物を振るうなんてシュールだ。でもやらなきゃ。

斧はなんとなく怖かったので、私は思い切ってツルハシを振り上げた。

こんな風に物を壊すのは初めて。

許可を得てやっているのに、すごく悪い事をしているような、不思議な罪悪感に手が震えた。

それに木は堅かった。

一度ツルハシを振り上げても、ごおおん、と木が震えただけだ。

もう一回、力一杯たたきつけると、今度はドアに穴が空いた。

「う……ぐぐぐっ」

けれど今度は、突き刺さったツルハシの先が、抜けなくなった。

「うわっ」

両足を踏ん張ってぐぐぐと力を入れ、外れた拍子に尻餅をつくと、がわん、と勢い余ったツルハシが先生の足下に転がった。

「……やっぱり……私がやるわ、自分で」

大丈夫？　と先生と私を心配そうに見下ろした薔子さんが、やがて「フン！」と覚悟を決めたように鼻で息をしてから、細い手で斧を手にした。

そうして斧に振り回されるような、フラフラとおぼつかない足取りで斧を振り上げようとして――。

「いいよ！　わかりました！　自分がやりますよ！」

とうとう見かねたように、磯崎先生が斧の持ち手を摑んで制した。

先生はドアじゃなく、こっちが切られそうだとプリプリ怒りながら、パーカーの袖を腕まくりし、代わりに斧を振り上げた。

薔子さんよりずっと力なんてなさそうだと思ったけれど、先生の腕は思ったより筋肉質だった。

斧を振り下ろす度、先生の腕に血管が浮き上がり、木製のドアが鈍い悲鳴を上げる。

数回繰り返した所で、バキンと小気味よい音がした後、観音開きのドアの右側が、がらんがらんと暗闇の中に転がり落ちる音がした。

「開きました」

先生が暗闇に手を入れると、小さな金属音と共に、反対側の扉も開く。

中をのぞき込むと、冷たい風が吹き上げてきた。

「…………」

薔子さんが私の腕をぎゅっと、不安そうに握った。

「本当に死体があるかもしれないわ、私一人で見てきます」

けれど薔子さんは、気丈にそう言った。震える声で。

先生を見ると、彼はプイと顔を背けてしまった。

「……いえ、私も行きます。平気ですから」

勿論(もちろん)館脇君程じゃないけれど、私だって、もう一年以上、櫻子さんと一緒にいるんだから。

「でも……」

「大丈夫です。行けます」

ぎゅっと薔子さんの手を握った。

そんな私達を見て、磯崎先生が溜息をついた。

「そんな……死体なんて、普通はそうそうある訳じゃないんですよ。二人とも、九条さんに毒されすぎです」

先生はそう言ってスマホのライトから、セロテープを外し、またライトをつける。

「そんな事より、足を滑らせて自分たちが死体にならないようにしてください」

彼はそっけない口調で、けれどさりげなく私達を心配してくれながら、スマホを手に先に階段を数段下った。

そして振り返って入り口を照らし――どうやら電気のスイッチを見つけたらしい。

パチッという音と共に、中に明かりが点った。

さーっと暗かった地下室に光が広がる。

地下は思った以上に広いようで、薔子さんは表情を酷く強ばらせていた。

とはいえ階段を降りてすぐの所は、打ちっぱなしのコンクリートの壁があって、地下の全貌は分からない。

ただ壁の向こうに空間があるのが、洩れた明かりでわかるだけだった。

「少なくとも、人の亡くなっている臭いはしませんよ」

先に階段を降りた磯崎先生が言った。

「わかるの？」

と薔子さんが聞いた。

「ええ」

と先生はすごく嫌そうに答えた。知ってる。前に聞いた。層雲峡で、いなくなった櫻子さんを探して、先生と館脇君は、心中したご遺体を見つけてる。

電気は見る限り二ヵ所。階段を直接照らす電気は小さく弱くて、足下は薄暗い。

私は薔子さんと、おそるおそる、慎重に階段を下った。

確かにそこは少し湿って、籠もった臭いはするものの、むしろお香のようないい匂いが微かにしている。

少し甘い香り――どこかで嗅いだことのある匂いだと思った。

先生は私達が無事階段を下るのを確認した後、ちょっと緊張した表情で、壁の向こうを覗いた。

「うっ」

瞬間、先生が小さく呻いた。

私と薔子さんは、思わず抱き合うようにして震え上がった。

「し、死体なの!?」

「いえ……とりあえず、目に付いた場所に『死体』はありません。『死体』は」

先生が妙に含みをもたせた言葉を返してきた。

「危険はない？」

「危険は――ない、と、思いますけど。なんだろう……しいていうなら、精神的ブラクラかなあ……」

「ブラクラ？」

「まあ……見ればわかると思います」

そんな風に言われて、わかりました、とほいほい見に行けるだろうか。

私と薔子さんは顔を見合わせ、お互い勇気づけるようにうなずき合って、壁の向こうへ回り込んだ。

そこは倉庫のようだった。パイプラックが何台か、そこには口のあいた段ボールや、衣装ケースが随分乱雑に置かれていた。

パイプベッドとマットレス、その横に点滴台のようなものもあったから、もしかしたら病室代わりだったのかもしれない。

床には書類のようなものも散乱している。

まるで泥棒か誰かが、何かを急いで探して持ち去ったようだと思った。

でも磯崎先生が言っていた、その『ブラクラ』っていうのは、それじゃない。

「これ……どういう事？」

薔子さんが、壁を見て震える声で言った。

壁の裏側には、作業机と椅子があった。

そしてその目の前、階段を降りてきた私達を出迎えた、壁のその丁度反対側は、おびただしい枚数の写真が貼り付けてあった。

その被写体は、私達がよく知る人。

見間違える事なんてない。写真に写っているのは、全部櫻子さんだった。

■伍

「櫻子さんの写真……こんなにいっぱい……なんで？」

それは、吐き気がするような、常軌を逸した光景だった。

壁一面に、櫻子さんの写真が沢山貼り付けられていたのだ。中には他人が見るべきじゃないような写真まで。

ほとんどが隠し撮りのように目線が合っていない。でも中のごく一部は、学校で写した集合写真のようなものまであった。

年齢も様々で、まだ小学生くらいの、白と黒、ツートンカラーのワンピースを着た、幼い櫻子さんと思しき女の子の写真もある。

そしてその真ん中には、一房の長い、長い、まっすぐな黒髪が、丁寧に額に入れられ、大事そうに飾られていた——標本のように。

心底ぞっとした。

これは絶対に、普通じゃない。体液で描かれた蝶よりも。

現に磯崎先生は、さも気分が悪いように、口元を押さえていた。

恐怖だけでなく、確かにそれは、生理的な嫌悪感を催す光景だったのだ。

「これ……櫻子さんの、髪？」

「……いいえ、多分違うわ」

でも驚いたことに薔子さんは、ごくんと唾液を嚥下した後、震える声でそれを否定した。

「薫子さんの……阿菊さんの髪かもしれない……」

あの子にしては長すぎるし、まっすぐだわ、と薔子さんが首を横に振りながら言う。

「阿菊さんの……？　遺髪、ですか？　でも遺体は見つからなかったって――」

その質問には、薔子さんは頷いた。そして深呼吸を一つする。

「川に身を投げて、さぞ苦しかったんでしょう。心中して、生き残った彼の手には、阿菊さんの髪が一房、むしり取って握られていたの――死の恐怖は、愛なんてものを凌駕するんだって、設楽先生が言っていたわ」

人は自ら死を選んだ時だとしても、本能的に身体は『生きよう』としてしまうそうだ。だから川に身を投げるような心中遺体は、手の中に心中相手の髪を握りしめていることがあるという。

死の苦痛は愛をも凌駕する。

たとえ相手の頭を沈めてでも、自分だけ助かろうとしてしまうのだそうだ。

なんて悲しいことだろう。

そして人間とは、やっぱり『生きるために』生まれた生き物なんだって、そう思った。

「でも……だとすれば、その心中未遂をした若い画家が、この部屋を作ったという事ですか？」

そう磯崎先生が訝（いぶか）しげな表情で言った。

「いいえ……そんな筈（はず）無いわ。彼は心中未遂の後、全てを忘れるように別の女性と結婚し、子供を授かったけれど、その子は生まれつき、身体に体毛が無かったんですって」

「……体毛が？」

「ええ。だからきっと薫子さんの呪いだと彼は心を病んでしまって……結局薫子さんと心中未遂をした数年後に自殺しているの」

だから彼が、こんな風に櫻子の写真を集めて飾ることはできない――薔子さんがそう答えた。

その話を黙って聞いていた磯崎先生の表情が、何故か怖いくらいに消えている。

「……先生？」

「その体毛の無い子供は今、どこに？」

先生が、静かに問うた。その手が強く握りしめられている。

薔子さんは何かを思案するように、腕を組んで少し宙を見た。

「……清白（すずしろ）」

「え？」

「清白よ。本名までは、私もよく知らないの。でも長くこの家を管理していた、龍生最後の弟子で、おそらくはあの目の絵の作者だと思うわ」

「——清白？」

先生がきょとん、とした表情で繰り返した。

けれどその喉から、不意に引きつったような笑いが洩れた。

「磯崎先生……？」

その笑いが、やがて大きな声を上げた笑いに変わった。こんな先生、見たことなかった。

「どうしたんですか……？」

「どうしたもこうしたもあるもんか！　清白だよ！　清白草の別名は、花房だ！」

先生は興奮した口調で言った。見つけた、と。私は急に、背筋が、体中が、凍り付きそうなほど寒くなった。

「千代田さん。それで、その清白という男は今、何処に？」

先生の、そんな鬼気迫る空気に、薔子さんは戸惑いながら——けれど首を横に振った。

「いないわ」

「いない？」

「ええ、もういない。この世には……数年前の大雨の際、天人峡へ繋がる道で土砂崩れがあったでしょう？　不幸にもその土砂崩れに、バスと車が巻き込まれた。車の運転手はそのまま土砂に飲み込まれて……」

　そうして彼は、清白さんは亡くなって、代わりに薔子さんの親戚(しんせき)がここを管理することになったと言った。

　でも、それなら、この写真を集めた人は誰なんだろう？

「数年前――でもおかしいです。だってこれ、この写真、館脇君が写っています」

　櫻子さんの写真に、時々館脇君が写り込んでいた。

「正太郎が九条さんに会ったのは、中学三年生の頃だ」

「そうですね。でもこれ……そんなに古くないと思うんです……ほらこのパーカー、これ、去年のクリスマス、函館(はこだて)に行く時のお出かけ用に買った服の筈です」

　丁度その日ショッピングセンターで会って、アイスを食べながら、彼の買った服を見せて貰(もら)ったから間違いない。よく覚えてる。

「それに本当に清白という人が花房だとして、私が出会った『亡霊』は、二人いました……少なくとも、彼らは一人じゃありません」

　そこまで言って――私は唐突に気がついた。

　思いだした。

　匂いだ。

　このお香のような香り。

　似ている香りを知っているんじゃない――違うんだ。知ってるんだ、私は。

この部屋の匂いを知っている。

あの時だ、いいちゃんを誘拐する前、私は多分、この場所に連れてこられた。奥のあのパイプベッドは、私が眠らされていたベッドなんだ……。

「見て。この蝶も、何匹もいます。彼らは一人じゃないんです。たとえ花が散っても、戻ってくる蝶達です……その、耕治さんという方は、関係していないんでしょうか？」

おそるおそるの質問に、薔子さんが目を丸くした。

「まさか！　耕治はそんな犯罪に関わるような子じゃないわ。それに叔父様だって……」

「直接罪は犯していなくても、協力をしていた可能性はあると思います。或いは何も知らなかったのかもしれない」

そう言って磯崎先生は、あたりの段ボールなんかをひっくり返し始めた。

中には新聞や女性週刊誌、ゴシップ紙が保存されているのが見えた。

「確かに否定は出来ないわね……耕治は人の好い所があるから、騙されている可能性は否めない……」

薔子さんが俯いた。

「その耕治さんのお父さんが、この家の管理中に、誰か知り合いにこの家を貸していたりしていませんでしたか？　特に最近出入りをしていた人がいたとか……」

私も足下に散らばった紙を拾い上げた。それは数年前の殺人事件について纏められ、印刷されたものだった。

「少なくとも、この家を手に入れて約一ヶ月。雪が降ってから、自分以外のタイヤの痕(あと)や足跡は見ていないわ」

と、薔子さんが言った。彼女ものろのろと、一番手近な段ボールをのぞき込んだ。

「所有者が千代田さんに変わるという事を知って、慌てて大事な物を持ち出した可能性がありますね——この家の事を誰かに話しましたか？」

「いいえ、まだほとんどの人に話してないわ——そうね、櫻子の叔父の設楽先生くらいよ。もし可能だったら——ここで彼が、静かな時間を過ごせたらって思って……」

「だったら、耕治さんが誰かに話してるかもしれませんよね」

「そうね……確認する——」

そこまで言って、薔子さんが急に言葉を紡ぐのをやめた。

「薔子さん？」

「いえ……見て、金庫だわ」

段ボールの陰に、真新しい金庫が隠されていたようだった。薔子さんは困惑した表情で、それを見下ろしていた。

「最新式みたいね。鍵穴(かぎあな)や、番号を電子入力する為のボタンすらないなんて……これ、どうやって開けるのかしら？」

お手上げという風に、薔子さんが座り込む。

私と磯崎先生も、金庫の前に立った。

確かに何をどうすればいいのか、さっぱりわからない。

ただ、どこかで見覚えのあるマークだけが印刷されている。

Nに似たデザインだ。

けれど先生はそれを見て、また自分のスマホを取り出す。

「やっぱり……これはNFCマークですね。電子ロックだと思います」

「数字を入力したりするタイプでもないって事？」

「ええ、おそらくスマホか——もしくはカードキーとかが必要だと思います。今は指輪のタイプなんてものもあるみたいですけど」

「……指輪？」

それを聞いて、薔子さんがぱっと目を見開いた。

「オフィーリアだわ……」

「え？」

「オフィーリア……薔薇の品種の？　それともハムレットの、ですか？」

薔子さんの呟きに、磯崎先生が反応する。

「いいえ、ミレーの。ジョン・エヴァレット・ミレーのよ。ラファエル前派の——指輪が鍵と、そういったわね？　ああ、なんて事なの!?」

「今はそういう技術も進んでいますけど、勿論指輪だとは限りませんよ？　カードとかかもしれませんし——」

薔子さんの動揺の意味が分からず、先生と私は顔を見合わせた。

そんな私達を尻目に、薔子さんがどこかに電話をかける。

「ああ耕治？　私よ、急用なの。聞きたいことがあるのよ」

やがて通話が繋がったらしい。相手は耕治さんという人のようで、彼女は酷く焦った調子で切りだした。

「嫌な事を聞いてごめんなさい。でも……旭岳の別荘で見つけた指輪……ええそう、彼の秘密の恋人の。彼女が持っていた指輪はどうしてしまったの？　火葬の時、一緒に燃やしてしまった？」

『ああ――いやあ、札幌は火葬の時に入れる物に結構厳しいんだ。眼鏡とかも駄目だって言うんだぜ。だから骨壺の方に入れてあるよ』

電話越し、微かにそう『耕治さん』が答えたのが聞こえた。

そうなんだ……旭川は結構なんでも色々入れてしまった気がする。

「ごめんなさい……もし時間があるなら、その指輪を送って欲しいの。理由は――え？　いいの？」

話によれば、耕治さんはどのみち旭川の隣、東川町に用事があるという。だから指輪を回収して、これから持ってきてくれるそうだ。

電話を切ると、再び着信音が鳴った。

耕治さんからかと、薔子さんがポケットからスマホを取り出したけれど、彼女のスマホじゃなかった。

私でもない。

自分だ、と先生が気がついたようにスマホを取り出した。

ディスプレイに表示された名前――それは館脇君からの着信だった。

第弐骨　阿世知蘭香の場合

■壱

車内の空気はピリピリと張り詰めていて、私は頗る気分が悪かった。

車に酔いそうだとガラスに頬を寄せ、気持ちを落ち着ける中、車内に響く内海さんの声がかんに障る。

「じゃあまさか、山路さんは、本気で正ちゃんが犯罪を犯すって考えてるの？」

あの正ちゃんがよ？　正直太郎の正太郎ちゃんよ？　ありえないでしょ？　と、わざわざ後部座席の私に、バックミラー越しに話しかけてくるのを、私は溜息で答えた。

「ゴスロリちゃんまで！　なんでよ！」

「……悪いけど、私も九条さんの為なら、正太郎は一線越えたって驚かないよ」

なんでって、九条さんの為だからだ。

ずっとそう。私が知る限り、九条さんは正太郎にとって、ゲーテの描くメフィストフェレスだ――巧みな言葉で、彼を地獄に誘う。

運転席で山路さんが私の意見に賛同するように、ふ、と息を吐いた。

「そんな……そんな事あるもんか！　だって正ちゃんだよ!?　今時あんないい子そうそういないよ？」

「いい子だからでしょ」

いい子だから、曲げられないのだ。

周りに合わせて都合良く。

「モジャ海だってわかるでしょ、世の中は卑怯であれば卑怯であるほど生きて行きやすいし、得をするように出来ているじゃない」

正太郎はバカだ。バカみたいに正直に、正義だとか、善意だとか、そんな耳触りのいいものを信じて、依存して、それが正しいと思ってる――そのせいで、時には自分が傷ついても。

でもそんな正太郎が、そんな事を差し置いてもなお、守ろうとしているのが九条さんだ。

九条さんはあんなに滅茶苦茶な人なのに。

「館脇はいつだって要領が悪いんだ」

「要領ですか――確かに、卑怯である事も大事ですね」

呆れたように言う私に、それまで黙っていた山路さんが忌々しげに答えた。

「この世を支配しているのは善と悪ではなく、富と名誉と声の大きな者達です。『警察』という組織に属し、悪と向き合って私が理解したのは、『正義』が守る世の中に、弱者は含まれていないと言うことです」

その真剣な言葉に、ぞっとする程の冷たさと、同時に確かな怒りを感じた。

それを聞いて内海さんが、困ったように眉を顰めた。

「難しい事考えてたんだねぇ……。山路さん、あんたまるで刑事みたいだね」

「貴方は考えてないんですか？」

「僕みたいな交番のお巡りさんが考えてるのは、町内の人たちがどれだけ痛い思いとか、怖い思いとか、嫌な思いをしないですむかって事だけですよ」

内海さんが、どこか白けたように言う。

「それにさ、九条さんじゃないけれど、真実ってヤツと同じでね、正しいも悪いも、その人の立ち位置次第でしょ」

それを少しでも公平に、フラットにする為に法律があるわけで、と、内海さんが顔の辺りで、水平にした手のひらをひらひらしてみせた。

「俺達の仕事は、それをどれだけみんなにとって、ひらべったくしてあげられるかでしょ。そういう理想論みたいなのは、SNSかワイドショーに任せておけば良いんだよ」

ちょっと面倒くさそうに内海さんが言うと、少し不機嫌そうに山路さんが彼を睨んだので、内海さんは肩をすくめた。

ちょっと意外だった。

山路さんの方がずっと冷静で、内海さんの方が熱血だと思ったのに。

とはいえ、そんな対照的な二人を後部座席から眺めていた私は、張り詰めた空気が嫌でたまらなかった。

「もういいよ！　それより正太郎と九条さんの事じゃ無いの？　本当に二人が犯罪に関

わろうとしてるなら、絶対に私達で止めなくちゃ。さっさと二人を探そうよ！」

まったく、九条さんも九条さんだけど、正太郎も正太郎だ。

少し急いだように、どんどん流れていく風景を眺めながら、私は心の中で毒づいた。

本当に腹が立つ。

そしてその百倍、正太郎が心配で、胃の中がムカムカした。

今日は百合子とクリパ＆お泊まり会の予定だったのに――プレゼントをあげようなんて、余計な事考えなきゃ良かった。

■弐

その日、私はプレゼントを手に正太郎の家へと向かっていた。

前に欲しいって言っていた、ペンギンみたいな柄のアウトドアブランドのキーコインケース。

定期なんかも入れられるし、使うとは思えなかったけれど、一応九条さんの分も買った。おそろいで。正太郎は自分からおそろいで持とうなんて、九条さんに言えないだろうから。

学校で渡すのは照れくさかったし、ちょうど叔母（おば）さんに頼まれた、叔父（おじ）さんの妹さんの子供達三人の子守で行った場所も、ツインハープ橋の側だったし。

それなら直接家に届けようと思ったのだ。

でも、それをわざわざ本人に説明するのは照れくさい。

一応本を返すついでに、自然に置いてこようと思いつつも、なんだか妙に緊張する。

それにこっちはちょっと雪が多い地区なのか、排雪が悪いのか、夕べ降った雪のせいで歩きにくかった。

あーあ、行こうなんて思うんじゃなかった。

いっそ家にいなきゃ良いな。お母さんに預けるとか、むしろポストに放り込むんでいいんじゃない？……なんて思いながら歩いた。

雪を蹴っ飛ばしながら。

「おー、百合子ちゃんとこのフリフリゴスロリちゃんじゃない」

この辺は、本当に除雪排雪が酷い……なんて思いながら歩いていると、道路脇の雪山の陰から、突然声をかけられた。

「……なによモジャモジャ」

この前ハロウィンの時に一緒になった、モジャモジャ頭のお巡りさん——内海さんだった。あのお人好しの。

「丁度良かった、手伝ってくれる？　雪かき」

「はぁ？　やるわけないでしょ」

「そう言わずに……はい、これ、ママさんダンプね」

そう言って内海さんが、私に赤いママさんダンプの冷たい持ち手を押しつけて来た。

「だから嫌だって。てか、ここモジャ海の家じゃないでしょ？」

前にお化けが出るって聞いたアパートとは違う、ここは古い平屋の一軒家だ。

「そそ。近所の家。ここゆるいカーブになってるじゃない？　いや除雪車がさ、朝たっぷり重い雪の塊を置いていったみたいでさ。でもここ積んじゃうと、通学路だし、何よりおじいちゃんがさ、道路出る時危ないと思うんだよ、車から死角になっちゃうし」

確かに私も、すぐ横を通るまで内海さんに気がつかなかったし、雪山を回避するには、一度歩道から車道に降りなきゃいけなかった。

「一応除雪センターにも連絡はしたけど、とはいえ除雪業者にも限界があるしね」

確かに夕べのようにドカ雪が降ってしまうと、街中の雪をかいて道を作るために、ある程度はこんな風に、削った道路の雪の一部が、残ってしまうのは珍しくない。

特に内海さんの言うとおり、こんな風にカーブになった道は、どうしても取りこぼしが出来てしまったりするし、曲がるときに残していったり、落としていってしまう事もある。

「わかるけど、なんでモジャ海がやるの？」

「なんでって、事故とか起きてからだと遅いじゃない。おじいちゃん腰痛いって言うし。隣の家のご夫婦が、家の前の融雪槽使って良いって言ってくれたからさ、ぱーっとやっちゃおうよ」

「だから私、関係ないじゃん!?」

「後で缶コーヒーくらい奢(おご)るからさ!」

いやもう、どう考えたって缶コーヒー一本に見合う労働じゃない。

「もう……」

とはいえ、確かに事故が起きてからでは遅いっていうのもわかる。

「じゃあ手伝ってあげるけど、缶コーヒーじゃなくて、スタバのフラペにしてよ」

「え……この寒い中、アイスみたいなの飲むの……?」

「動いたら暑くなるでしょ？　いいからさっさと動いてよ!」

やると決めたなら善は急げ。

後から百合子と約束もある。さっさと済ませて、正太郎にプレゼント渡してこなきゃ。

旭川は確かに雪が多いかもしれないけれど、札幌に比べて格段に雪が軽い。

含んでいる水分が少ないって事なので、旭川はその分「冗談でしょ?」ってくらいに寒いけれど、でも重い雪の扱い方なら、札幌育ちのわたくし、お手の物でしてよ。

札幌よりも、家庭に融雪機、融雪槽が多いのも、旭川の特長な気がする。

やっぱり札幌より一～二台分広い、お隣さんの駐車場の端っこ、地面にぱっかりと口を開けた融雪槽。中でじゃばじゃば水を吐き出し溶かしてくれる側から雪をガンガンほうりこむ。

内海さんは意外と体力も腕力もあるらしい。意外中の意外だ。なんとなくフニャフニャしてるのに。

そして私もこう見えて、小学生の頃から九年間空手をやっていた。今でも毎日のように基礎練だけはやっているのだ。

今日は子守のアルバイトだったので、普段よりもフリル分は少ないから、お洋服のことを気にしないで動けることもあって、雪はどんどん片付いていく。

「何？　正ちゃんとこ来たの？」

「え？　ああ……うん、本返しに」

「あれは？　クリスマスパーティ。千代田さんとこの」

「んー、後で行くかな？　百合子次第？　館脇と今居もいないみたいだし――モジャ海は？」

聞いてくるって事は誘われてるんでしょ？　と聞くと、内海さんは途端ににへら、と笑った。

「そーよ、イっちゃんに誘われたんだけどさぁ、俺も今日デートなんだよねぇ」

「嘘。え、なに？　二次元とかじゃ無く？」

「いやー、マジマジ」

彼が嬉しそうに否定した。なんとなく羨ましい。リア充じゃん。

「てかさぁ、モジャ海は仕事中じゃなくても、いっつもこんなことやってんの？」

せっかくのデート前に、他人の家の雪かきだなんて、お人好しにも程がある。

「あぁー、まぁね、この辺新興住宅街だからね」

　でも返ってきた答えは、正太郎みたいな無節操な善意とは、またちょっと違った答えだった。

「……どういうこと？」

「これもまぁ防犯対策だね。リスク管理ってヤツ？　ほら、子供に交通安全指導するようなもんよ。車に轢（ひ）かれないための努力。防犯もよ、犯罪を事前に防ぐための努力ね」

「雪かきが？　事故だけじゃなくて？」

「そそ。ここのおじいちゃんは昔から住んでる人だけど、お隣とかさ、周りは新しい家が多いでしょ？　それってさ、若い家族が多いって事でもあんのよ。どうしても住人の年齢が近いと、生活スタイル、活動時間が似てきちゃうわけ。だから時間の中に死角が出来る」

「ああ……つまり、行動範囲とか、人通りのある時間が固定されちゃうって事か」

　とくにこの辺は個人商店とかも少ない。買い物もみんなメインストリートになるし、住宅街に、人目の付かない時間が増えてしまうってことか。

「人目につかない時間があるっていうのは、それだけ泥棒とかにはチャンスが多い。空き家が多かったり、雪かきがおろそかだったり、ゴミが落ちていたりするのもね、『ここいけんじゃね？』って、泥棒に変なやる気を出させちゃうもんなのよ」

　実際に、ニューヨークで落書きを綺麗（きれい）にしたら、犯罪が減ったってのは有名な話らしい。「綺麗だって事は、人がちゃんと管理している――つまり、人目があるって事だし、泥棒なんかのやる気も削いでくれるわけ。盗める！って自信の無い所に、盗みに入れないでしょ。だからその自信を持たせない街づくりって大事なんだよ」

「……だから、そうやって雪かき手伝ったりしてるの？」

「暇な時だけだけどね。でもお巡りがブラついてる所で、泥棒するのは嫌でしょ。彼らはちゃんと下見とかするもんだしね」

それって、じゃあ普段から日常的に、そんな事してるって事？

「びっくり……モジャ海も、意外とちゃんと考えてるんじゃん」

「そうよー。この立派な脳味噌を、このモジャモジャでカバーしてんのよ」

そう言って内海さんが、ニット帽の脇からもっさり飛び出した天パーを、両手でふわふわプッシュしてみせた。

私も将来警察官になりたいと思ってる。でも、私に彼みたいな事が出来るだろうか？

「ねえ！　モジャ海は、なんでお巡りさんになったの？」

大きな雪の塊を、ざくざくと崩して融雪槽に放り込みながら、私は思い切って聞いてみた。

「んー？」

「警察の仕事が好きだから？　誰かに憧れて？　それともやりたいことがあったの？」

その質問に、いつも軽快に返事する内海さんが、一瞬答えを渋った。

「なんで？　それとも……言いたくないような理由？」

――私みたいに？

「言いたくない訳じゃないよ。ただ……うーん、しいていうなら『憧れ』になるのかなぁ」

「どゆこと？」

「従兄の兄ちゃんがいたのよ。ちょっと年上でさ、俺、すげー大好きだったのよ。彼はお巡りさん目指しててね、なんでか知らないけど、刑事さんじゃなくて、交番のお巡りさんになりたがってたの。でもね、急に病気が見つかっちゃってさ」

その死に至る病は、急速に内海さんの従兄の身体を蝕んだ。

その夢と未来さえも。

警察学校に入学して、まだ三ヶ月くらいの事だったって、内海さんは寂しそうに言った。

「それでさ、元気だった兄ちゃんが、ああ、もうダメなんだってわかった時ね、俺、小学五年生かそんくらいだったんだけど、周りもみんな悲しんでるの見てさ、咄嗟に『俺がお巡りさんになるから！』って言っちゃったんだよね」

「咄嗟に？　本当になりたかった訳じゃなくて？」

「そうそう。もうホントその場のノリで」

「えええ？」

　またそんな。調子のいい事を……。

「だけどみんなすげー喜んでくれてさ、兄ちゃんも、『頼むな！』って。そしたらさ、もう後に引けないじゃん。親もさ、親類も、みんな俺がお巡りさんになるって、そういうムードでそのまま進路一直線よ」

「理由が酷い。夢の欠片もないじゃん」

　だいたい家の前の雪をかき終え、ついでに融雪槽を貸してくれたお隣さんの家の前の雪も、サービスでかいてあげながら、私は思わず毒づいた。

　てかノリでそんな大事な事を言っちゃうからいけないんでしょ……そう思ったけれど、でもそれで本当にお巡りさんになる内海さんは、優しいとも思った。

「じゃあ、本当に理由はそれだけ？」

「そら、言えないでしょ、他の進路なんて」

「そっか……」

　そんな、その場の勢いだけなんて……私はちょっとがっかりしながらも、でも内海さんらしい理由だとも思う。他の選択肢が本当に選べなかった訳でもないだろうし。

　でも、それでもお巡りさんになったのは、きっと従兄の家族とか、そういう人達の気持ちを裏切りたくなかったからだと思った。

「でも……じゃあさ、モジャ海は本当は将来何になりたた――」

「おおー！　内海さん、いやいや、綺麗にしてくれて！」

私がいいかけたその時、丁度家の中から、お爺さんが現れて、すっかり雪のなくなった家の前に、嬉しそうな声を上げた。

「いやー、なんもなんも。それにほら、館脇さんとこの正ちゃんの友達がさ、ついでに手伝ってくれたんだよ」

「おー！　ありがたい。正ちゃんのあれか、彼女か」

「いや、全然違うし」

お爺さんがとんちんかんな事を言ったので、私はぷい、と顔を背けた。

「ははは。でも嬢ちゃんもありがとうな、助かったよ」

そう言ってお爺さんは、玄関の所の段ボールから、ミカンを袋にガサガサと何個も入れた。

「これ、少ししか無いけど、ミカン持ってってくれな。甘くて美味しいから」

満面の笑みで、お爺さんがせめてものお礼というように、ミカンを差し出してきた。

「え……」

そんな、別にお礼なんていらないのに。ここに雪の塊が残されてるのは、お爺さんが悪いわけじゃないし。

「やったあ、僕ねぇ、ミカン大好き！」

でも内海さんは、断ろうとする私を遮って、それはもう嬉しそうにミカンを受け取った。

「そうかそうか、娘が愛媛に嫁いでて、毎年送ってくるんだ」

「ほんとに？　ミカン食べたくなったら、また雪かきしにくるわ」

「じゃあもう1箱送って貰わなきゃなあ」

「あーもう雪降ったらすぐ言って、すーぐ雪かきに来るから」

いや、遠慮しないんかい――でも、ははと親しげに笑いながら話す二人を見て、私ははっとした。

そっか、これでチャラってことなんだ。

このミカンっていう手間賃を受け取らないと――それが本当に見合った対価かどうかはさておき――お爺さんは、内海さんに言葉のお礼だけになって、ちょっと具合が悪い事になる。

世の中はギブアンドテイク。

どっちか一方だけが寄りかかる関係は、お互いに不健全だ。

だからお礼をちゃんと受け取って、これでこの件はおしまい！

それにそんな風に言ってくれたら、お爺さんもまた困った時、少し頼みやすいだろう。

そういう気遣いや、恩着せがましくない内海さんのさりげない優しさに、私は驚いた。

なんだよ、めちゃめちゃ考えてるじゃん、モジャモジャのくせに……。

お爺さんにミカンのお礼を言って別れてから、お隣にも融雪槽のお礼を言って――お隣はまだ小さな赤ちゃんがいるお宅だったから、お隣の家の前も綺麗にしてあげたことる。

を、逆に随分感謝された――無事『雪かき外交』を終えた内海さんと、家の前を後にする。

「正ちゃんとこ行くんでしょ、最近物騒だし、お巡りさんが送っていってあげる」

「まだ明るいし、別にいいのに」

いくらこの阿世知様が可愛いからといって。

「いいのいいの、ついでに正ちゃんママにおやつ出して貰おう」

「いや、理由よ」

「ほら、僕は今ミカンもあるから、デカい顔してお邪魔できる！」

誇らしげにミカンの袋を掲げて、内海さんが笑う。

無邪気な笑顔は、とうてい演技には思えないし、勿論本人はあんまり考えてないのかもしれないけれど。

どこまでが内海さんの本音で、どこからが気遣いなんだろう？

とはいえ彼に、それはもう高い『コミュ力』があるのは、想像に難くない。

私はこう見えて（いや、見た通りかもしれないけど）結構人見知りだ。

警察官になったとしたら、自分にこんなことが出来るだろうか？　と、ちょっと自分に自信をなくしかけて――努めて宙を仰いだ。

「おおっと！　ゴスロリちゃん気をつけて！　そこんとこ！　わん公の『でっかい落とし物』があるから！」

その時、慌てて内海さんが私の腕をひっぱる――いや、マジで危なかった。

「危なかったぁ……あんなにデッカイの、人間のだったらどうしよ」

無事回避できた私にほっとしながら、内海さんが呟いた。思わず吹き出してしまった。

そんな私に、内海さんがにんまりと笑った。

「俺さあ、本当は将来、人を笑わせる仕事に就きたかったんだ」

「え？」

「芸人さんとか？――でも今もさ、案外笑わせられてるんだよ。ミカンと同じでさ、大事なのは外側じゃなくて、真ん中の実の方でしょ？　だから今の仕事に後悔してるとかは全然ないんだ」

だからこれで良かったんだと、内海さんは言った。

事件や事故、不幸な事があると、人は笑いを失ってしまう。

悲しいものから『笑顔』を守るのが、今は内海さんの『仕事』なんだ。

「そっか……なんかちょっとほっとした」

「そお？」

「よくわかんないけど、モジャ海は仕事とかも楽しく働いてて欲しいから」

「まあ……具体的な内容は、あんまり楽しいモンじゃないけどね……」

そこから館脇家につくまで、お巡りさんの一日の仕事について聞いた。日中は遺失物・拾得物の取扱い、違法駐車の取り締まりや事故対応、万引き、空き巣盗難、夜は不審者やケンカや酔っ払いの相手、騒音苦情ｅｔｃ……。

あとはパトロールや、ご家庭を回る巡回連絡……。

勿論血まみれの傷害事件や、死亡事故現場に駆けつけることもある。隣の家のお爺さんを二週間以上見ないし、郵便受けに新聞がずっと溜まってるんだけど……なんて通報もあったりする。

聞けば聞くほど大変だし、えぐい。

「私、死体ムリかも……」

この前、川を流れていた、バラバラ死体を思い出して、吐き気がよみがえった。

そんな話をしているうちに、館脇家が見えてきた。

家の前に、見覚えのない黒い車が一台駐まっている。

正太郎ママの車じゃないし、九条さんの車でもない。クリスマス祝いに、お祖父ちゃんの誰かが来てるんだろうか？　なんて思いながら近づく。

内海さんの足が一瞬止まった。

運転席に、男性が一人乗っているのが見えた——彼も、私達を見ているようだった。

視線を感じた。

なんとなく気持ちが悪い……うなじがチリチリする。

「…………」

内海さんと私は、一瞬顔を見合わせたものの、平静を装うようにして、館脇家のインターフォンを鳴らした。

けれど、少し待ってもう一回鳴らしても、なんの反応もなかった。どうやら誰もいならしい。まぁ……どうせ正太郎は九条さんのとこでしょ、ハイハイ。

それに、そういえば不在だったらいいって思ってたんだっけ。

むしろ良かったんだって思いながら、改めてプレゼントの事を思い出して、ポストにプレゼントを包みごとぐいぐい押し込んだ。

その時、背後でバタン、と車のドアが閉まる音がした。

咄嗟に振り向く。

そこには見覚えのないオジサンが立っていた。

彫りの深い四角い顔、太眉目力系のそこそこイケメン。着古したスーツとちょっと枯れた感じが、まあまあカッコイイ。

でも、誰だこの人。と、私は内海さんを見た。彼は知らないというように首を横に振った。

とはいえ、正太郎の交友関係はおかしい。変な知り合いばかりいる。

何も言わずに通り過ぎるか、声をかけるか躊躇した。

「すみません」

でも私が決断するより先に、イケオジの方が先に私達に声をかけてきた。

「何かありましたか？」

咄嗟に警戒した私とは対照的に、内海さんが愛想よく応じた。

「いえ……館脇君と連絡が付かなかったので、もしかしたら何かご存じかなと」

イケオジが私を見て言う。

「いやあ、僕たちもいないなーって思ってたトコで、ははは……それで、どなたですか？　正ちゃんのお知り合い？」

「やっぱり九条さんの所でしょうかね……申し遅れました、私は山路と申します」

それを聞いて、内海さんが「ああ！」と声を上げた。

「山路さん、山路さんってあの、増毛（ましけ）の！　函館で正ちゃんを助けてくれた！」

「今はもう、退職してしまいましたが」

増毛で出会ったお巡りさんの話は、私もなんとなく聞いたことがある。でも函館ってなんだろ？

とはいえ、内海さんが朗らかに握手を求めているのを見て、私の警戒心も解けた。

「そうそう、最近山路さんと連絡が付かないって言ってましたよ、心配してました」

内海さんがそう言うと、彼が太い眉を苦痛を感じたように歪（ゆが）める。

「実は……行方不明の兄を追っている間に、私も身の危険を感じるようになったんです。両親や友人に迷惑がかからないように、今はこうして隠れている所です」

「身の危険って？」

思わず私が問うと、彼の眉間（みけん）の皺（しわ）が更に深まった。

「亡霊達ですよ――或いは標本士達」

「標本？」

「ええ――悪の蝶を集めては、標本に変えていく者達から」

「あくの、ちょうって……？」

彼が何を言っているのかわからなかった。

また薄気味悪いような、嫌な寒気でうなじがチリつく。

「でも悪いことばかりではないんです。兄を探しているうちに、彼らの動向も同時に私にも見えてきたんです――そして今、彼らは九条さんの弟を殺害した犯人を見つけたのだそうです。亡霊達は正太郎君に協力させ、その犯人を九条さんに殺害させようとしています」

「さ、殺害!?　正ちゃんと九条さんで!?」

そんな馬鹿な、と内海さんが笑った。

でも山路さんは、１㎜も笑わず、険しい表情のままだった。

「……本当に館脇と九条さんで事件とか起こすって思ってるんですか？」

「ええ。でもそれは絶対に阻止しなければ」

まるで彼の言葉を肯定するように、冷たい北風が吹いた。

そんな馬鹿なって思いながら正太郎にＬＩＮＥを送る。でも既読は付かない。思い切って電話をかけると、電源が切られているみたいだった。

「まさか……」

内海さんが引きつった顔で言った。

「ひとまず私は、九条さんの家を訪ねてみようと思っています」

山路さんがそう言うと、内海さんが「僕も行きます」と慌てた調子で言った。

まったく、何をやってるんだろう、正太郎のばかやろう。

私は百回くらい心の中で毒づきながら、内海さんと山路さんの後を追うように、山路さんの車の後部座席に乗り込んだ。

参

山路さんの言っている事は、あまり意味が分からなかったけれど、正太郎が何かまたヤバい事に首を突っ込んでいるのはわかった。

ただ、九条さんの弟の事は初耳だ。

どういう事?と、シートベルトをしめながら内海さんを見ると、彼も「僕も詳しくは……」と、困ったように言われてしまった。

「ご存じないですか……そうですよね。九条さんは十五年前、まだ幼い弟を原因不明の死により失っているんです」

「原因不明って?」

「不明ですよ。夕方行方不明になって、三日後にすぐ近くの永山神社の池で、溺死しているのを発見されたんです」

「え……」

ぞっとする話だ。そして悲しいお話。

「でも事故って事になってるんじゃあ？」

と、内海さんが問うた。

「そうですね、でも、単純にきちんと捜査されなかっただけです」

だからできる限り自分が改めて調べ、状況を纏めたのだと、山路さんが言った。

十五年前の悲劇のことを。

一瞬余計な詮索だと思ったけれど、警察官だったというなら、過去の犯罪にこだわっても仕方ないのかな。

山路さんの話では、その可哀相な『事故』は、十五年前に起きた。

九条さんが小学生の頃、弟の『惣太郎』君が、五歳の頃の事だ。

九条さんは夕暮れ時の散歩を日課にしていた。

家の前のあの松だか杉だかの綺麗な道をまっすぐ進み、永山神社や近くの公園、通っていた小学校のあたりをぐるっと回って帰って来るだけのコース。

もっとうんと小さい頃から、ばあやさんが手を引いて、歩いてくれたコースだそうだ。食の細い九条さんが、少しでも夕食を沢山食べてくれるように、ばあやさんが作った日課だったという。

毎日歩き慣れた道だ。

少し前までは、弟の惣太郎君も一緒だった。

けれど九条家に通いで来ていた家政婦さんが辞めてしまい、夕食の支度などはすべてばあやさんの仕事になってしまってからは、その機会も減った。

今でこそ、小学生の女の子が、夕暮れ時に一人で散歩なんて……と言う人もいるだろうけれど、当時はもうちょっと緩かったのだ。

だからいつものように、九条さんはその日も一人で散歩に出かけた。

弟もついて行きたがったけれど、遅い五歳の足に合わせるのが嫌で、ばあやさんかお母様に言ってと告げて、彼女は家を出た。別に歩くことを楽しんでいるわけでなく、決められた日課を、彼女はこなしていただけだから、さっさと済ませたかったのだろう。

普段よりも少し遅い時間だったからという理由もあったので、彼女は一人で行くことを選んだのだ。

そうして永山神社まで歩いて行った。

途中、住宅街の細い道を、猛烈なスピードで一台の白い車が走っていったのは見たけれど、それ以外何も変わった事の無い、夕方のお散歩だった。

すっかり外が夕焼けで真っ赤に染まった頃、九条さんが一人で家に帰ってきて、初めて大人達は気がついた――家に惣太郎君の姿がないことに。

ばあやさんはその日、夕食の支度で忙しかったそうだ。

九条家の大旦那様――つまり九条さんのお祖父さんに来客があり、普段より少し豪華な夕食を用意していた。お土産で立派な牡蠣を、ガンガンいっぱいにいただいたので、予定外に酒蒸しやらフライやらと、一手間が増えていたという事もある。

だから小さな惣太郎君が、散歩に行きたいと言ってきた時、「お姉様か、お母様にご相談くださいね」と、そう言ったそうだ。

わかった！　と、惣太郎君はいいお返事をして台所を出て行ったという。

それがばあやさんが、惣太郎君を見た最後の姿になった。

九条さんと惣太郎君の母親、撫子さんという人は、昔からあまり子育てには積極的に関わってこなかった。

最初に生まれた子供、九条さんが九条家に望まれていた『男の子』でなかった事や、少し変わり者な雰囲気に嫌気が差し、育児は全て使用人まかせだったそうだ。

けれど待望の男の子である惣太郎君の事は、九条さんとは違い、遊んであげたりする事ぐらいはあったらしい。

でもその日は、彼女はあまり機嫌が良くなかった。偏頭痛持ちで、朝から頭が痛く、横になっていたのだという。

だから息子が散歩に行きたいと言った時、「誰か家の人に頼みなさい」と突っぱねた。

いつもなら、そう言えば誰かが替わってくれたからだ。ばあやさんか、櫻子さんか、目に入れても痛くないほど、孫を可愛がっている大旦那様が連れて行くだろうと。

九条撫子は家の事には無関心な人だったので、その日来客があって、自分しか息子を連れて行けない、という状況について、全く理解も把握もしていなかったし、そもそも考えもしていなかった。

惣太郎君は、聡明で家族思いの優しい子だったという。

三人に断られ、大好きなお祖父様がお客様の相手をしている事をわかっていたのだろう――だからおそらく、一人で家を出た。

姉の後を追い、歩き慣れた道を一人で歩いて行こうとしたのだろう。

誰も惣太郎君が家を出る姿は見ていないし、いつ出て行ったのかも分からないそうだ。

散歩中、九条さんが弟の姿を見かける事も無かった。

その日は、いつもよりも短い散歩――つまり、永山神社まで行き、広い境内を軽く一周して家に戻る、というコースで、弟が来たならすぐにわかった筈なのだが。

常に人の行き交う通りではないにせよ、まっすぐの道は妙善寺、天寧寺、大道寺と三つのお寺が並んでいたり、大道寺の向かいは図書館なども入った、大きな永山市民交流センターがある。

そうして接続された鷹栖東神楽線(たかすひがしかぐら)は、それなりに車通りの多い通りだ。永山屯田(とんでん)公園、永山神社、永山小学校、永山中央公園と並んでいる。塾やコンビニなどもある。

つまり、人通りは少なくない。

夕暮れ時、犬の散歩をさせている人もいたはずだ。家路を急ぐ人の姿もあった。

だのに、誰も一人で歩く惣太郎君の姿を見た人はいなかった。

四十分ほどの空白の時間に、惣太郎君の姿は消えてしまったのだ。

ただ九条さんは、天寧寺をすぎ、大道寺との丁度中間くらいを歩いていた時、天寧寺のすぐ向かいの道を、北北西方面に乱暴に走り去る、奇妙なセダンを目撃していた。

ナンバーは一瞬で完全には読み取れなかったが、23と残りの数字が6・8・0のどれかだと彼女は言ったが、大人はあまりその事を気にかけていなかった。

慌てて九条家だけでなく、周囲の住民が協力し、惣太郎君を探したが、その姿は見つからず、警察に連絡したのはその日の夜で、翌朝からは警察も加わっての大規模な捜索になった。

二キロ圏内には石狩川(いしかりがわ)に永山新川(しんかわ)、そして東側の広大な農業地帯には、農業用の水路がいくつもある。

二日間の間、必死の捜索が続いたが、惣太郎君は見つからなかった。

そして三日後の早朝だ、永山神社の境内の池の中、うつ伏せになって浮いている、惣太郎君の遺体が発見されたのだった。


「……そんなの、事故なわけないじゃん」

そこまで聞いていた私は、思わず呟いてしまった。

「そうですね。けれど当時、遺体の着衣に乱れはなく、目立った外傷などもないことから、警察は事故としてかたづけてしまった」

「なんで!?　おかしいじゃない！」

「身内を庇うわけではないけれど……九条さんが地元の名士で、醜聞を避けたがった事、母親の強い希望で解剖が行われなかった事もあって、早めに事故として片付けてしまったらしい」

それに当時、「どうして子供から目を離したのか」と、母親は警察から随分責められて、精神的に不安定になっていたそうだ。

撫子さんはばあやさんと九条さんを、それは激しく責め立てていた。特に九条さんに対して、彼女が自分の弟を殺したのだと、お前のせいだ、お前を産まなければ良かったと、二日目の日、警察の前で暴れた経緯があった。

でも一家や警察は、むしろ撫子さんの過失を責めたのだ。特に父親は彼女に対して、母親としての責任を問うた。小学生の娘に罪を全て押しつける姿が、よほど目に余ったのかもしれない。

そんな空気が、正しく行われるべき捜査の妨げになったのだろうか。

母親の過失による事故死という事で、警察も片付けたがっていたようで、甥の解剖を担当したいという設楽教授の提案すら通らなかった。

「確かに惣太郎君が攫われたりするような現場を目撃した人も、悲鳴などを聞いた人もいなかったから、明確に事件だと表す証拠もなかった」

ハンドルを握り、表情のないまま、山路さんが言った。

「そんなのさ……車で突然攫われたのであれば、驚いて大きな声を出せなかったかもしれない。それにさ、よく『不審者』は気をつける人が多いけど、子供を攫って悪戯するような連中は、むしろ表面的に子供に好かれるいい人っぽかったりするから」

誰も警戒してなかっただけかもしれない――惣太郎君でさえ。内海さんが珍しく不快感を露わにした表情で言った。

大人はみんな子供達に「知らない人には気をつけて」というけれど、実際には全く見知らぬ人よりも、見知った人が事件を起こす確率の方が高い。

そして親の知らない間に、子供と仲を深めている場合だってある。

目に見えて不審な相手であれば、子供も、周囲の住人も違和感を持ち、警戒するだろう。

でも犯人が、目に見えて異常者のような風貌であるとは限らない。親愛なる隣人の姿をした怪物は沢山隠れているものだ――山路さんもそう言って、溜息を吐き出した。

惣太郎君の遺体は、確かに着衣に乱れはなかったが、何故か靴は履いていなかった。

目立った外傷はなかったが死因は不明。

行方不明だった三日間の足取りも全く不明。

ただ五歳の子供が三日間外を一人で、しかも郊外ではなく市内で、自宅からそう離れていない場所で発見されている（永山神社から、自宅まで迷うとは思えない一本道）事に加え、三日野外にいたにしては着衣に汚れが少なかった事、靴を履いていない事、そのわりに靴下がさほど汚れていない事など、調べれば調べるほど、不審な点が見えてくる。

私は胸がムカムカしてきた。

そして九条さんが可哀相だと思った。

だってあの人が、たとえ小学生だったからって、これを事故だと納得しただろうか？

年齢を重ねれば重ねるほど、彼女はそれを事件だと確信していっただろう。

もしかしたら彼女が犯罪に詳しく、やたらと興味を抱く理由は、そこにあるのかもしれない。

あの変人が、弟を失った不幸から生まれたのかもしれないと思ったら、いままでみたいに嫌えない。

「それに――話はそれだけじゃないんだ」

「え？」

「惣太郎君が行方不明になって死んでから二年後、石狩川を挟んだ対岸の東鷹栖で、六歳の少年が行方不明になり、二日後石狩川で発見されている」

解剖は行われたが、何らかの原因で川に転落して死んでしまった事故と言われているそうだ。

「更にその五年後、行方不明になった五歳の少女が三ヶ月後、釣り人によって白骨遺体で発見された」

旭川は川がいっぱいある。

大きい川もあるけれど、小さい川もだ。百六十ちょっとの川があって、七百六十本くらいの橋があるという。

川の街なのだから、どうしても死亡事故があっても仕方がないのかもしれない、だから小学校なんかで、川との付き合い方を学ぶ授業もあるという。

その甲斐あってか、水難事故はそう多くないそうだ。

「そんな旭川で、約十年くらいの間に、近い場所で同じ年頃の少年少女が三人事故死している事には事件性を感じませんか？」

と、山路さんは言った。

「そしてある人間達は、この事件を追いかけ――そしてその犯人を、九条さんと正太郎によって、復讐させようとしているんです」

「そんなの……冗談でしょ？　なんの為に？」

思わず私の口から失笑が漏れた。信じたくないという思いが強くて。

「冗談だったら良いですが……問題はなんの為にという事よりも、今は二人を止めることが先決だと思います。おそらく今連絡が付かないのは、二人がその犯人を追いかけている為ではないでしょうか」

警察に通報する事も考えたそうだ。

でも二人の居場所がわからない事に加え、あまりに不確かな状況だし、色々具合の悪い事もあるという。

それに、なにより未来のある正太郎の人生を、守りたいと山路さんは言った。

「彼が殺人未遂、幇助の罪に囚われるようなことはしたくない。だから、なんとか二人を探し出し、止めたいと思っているんです」

そう思って館脇家を訪ねた所で、私達に会ったという事か。

やがて車は、さっき説明にあった、永山神社の前までさしかかった。

確かに人通りは少なくない。

鷹栖東神楽線は銀行や飲食店もあり、常に車が走っているし、少なくともこの通りで、子供を攫うのは難しいんじゃないかと思った。

ただ、九条邸まで向かう一本道は急に静かだ。

確かにお寺や公共施設、そして住宅街が広がっている。

人通りがないとは言えないかもしれないけれど、かといってすごく多くはない。

大きな建物や公園が広がっていて、そして立派な街路樹や生け垣、茂みや塀が多い。

「こうやって改めて見ると、死角が多い」

内海さんがぼそっと呟いた。

「その気になれば、五歳の男の子くらいなら、車でパッと一瞬で攫えそう……」

「今でこそ、防犯カメラを設置する建物や家庭も増えていますが、当時は人目につきにくい一角が沢山あったと思います」

山路さんも言った。

だったらやっぱり、ほんのわずかな一瞬に、惣太郎君は攫われてしまったのだろうか。

九条さんは、人の心みたいなものが、明らかに足りない人だ。

だけど正太郎の事を大事にしているのは分かる。弟に似てるんだって、本人もその自覚があるくらいだし、正太郎と惣太郎を重ねている所があるんだろう。

きっと、彼女は弟も大事に思っていたに違いない。

九条さんが可哀相だ。

じわっと目が熱くなったので、私はぎゅっと瞼を押した。かといって彼女のために泣くのは、私のスタイルじゃないから。

やがて車が九条家に駐まった。山海コンビが車を降り、インターフォンを鳴らすと、ドアの向こうから、あの白くてデッカイわんこが、おうおうと吠えているのが聞こえる。

内海さんが、ヒッと身を縮こまらせた。

私もあんまり嬉しくない。可愛いかどうかは別にして、アレの正体は毛の塊の妖怪。

多分毛羽毛現だ。

「うるさいですよ、へー太、静かになさい」

そうドア越しにばあやさんが毛玉を窘める声が聞こえた。

「はあい、なんですか」

ばあやさんはインターフォンではなく、直接ドアを開けて私達を迎えた。

「どおも！　内海デス！」

緊張感のない挨拶をしつつ、内海さんが私の後ろに隠れる。

ばあやさんの足下から、むりむりっと無理矢理鼻先を毛玉が出していたからだ。

「あらまぁ、いらっしゃい内海さん……と、蘭香様でしたっけ、今日はあの可愛らしいお洋服ではないんですねぇ」

「あ、あと、こっちが増毛のお巡りさん。山路さんね。そしてばあやさん、万が一って事もあるから、いきなりドア開けんのダメよ、防犯的に」

内海さんが、隣に立っている山路さんを指差した後に言う。

「あら！　さくらんぼの。美味しい物をお送りくださって、ありがとうございますね――ドアは大丈夫ですよ。お嬢様のお友達がいらした時と、そうでない時では、へー太の鳴き方が全然違うんです」

今日はお友達の鳴き方です、そう言いながら、ばあやさんが山路さんに頭を下げた。

「いやいや、ワン公より文明の利器使ってよ。その為のインターフォンよ？　そうだ、今日さ、正ちゃん来てる？　九条さんは？」

「はあ、お嬢様でしたらお出かけになってますよ。坊ちゃんも今日はおいでになってません」

お前が信用できないんですってよ、そう言いながら、ばあやさんが毛玉を撫でる。毛玉はわかってるんだかわかってないんだか、わかんない顔でにへ、と笑って、鼻をフコフコと鳴らした。

「夕方からは、千代田の奥様の新しい別荘でのパーティに行かれるはずですよ」

なので今日は、ばあやさんはお休みをいただいているのだと、嬉しそうに笑った。

そんなばあやさんの態度から、九条さんたちがトラブルに巻き込まれている感じはしない——多分なんにも知らないんだ。

ひとまずばあやさんに挨拶をして、九条家を後にする。

「でも……本当に、二人がその事件で動いてるの？」

確かに惣太郎君の事件は、事故には思えないし、もし何かわかったのだとしたら、二人がそれを調べ、もしかしたら復讐なんて事も考えるかもしれないけれど、今日二人が……っていうのは、ただ山路さんが言っているだけ。

それにどこまで信憑性があるんだろう。

とはいえ、相変わらず送ったＬＩＮＥに既読は付かない。電話をしても不通のままだ。

百合子に連絡してみたけれど、百合子も二人を知らなかった。

確かに嫌な予感はするし、まあもし違ったところで、なんでもなくて良かったね、って言えばいいだけで済む気もする。

「でも……じゃ、どうするの？　どこを探せば良いかわかんないよ」

運転席で山路さんがシートベルトをパチッと締めたので、私は改めて聞いた。

空は曇って灰色だ。また雪が降りそうだ。

内海さんもシートベルトを締め、ニット帽を脱いだ。汗で頭頂部がペタッとなっていて、帽子の外のふわっとした髪と対照的で、何その頭って、今のタイミングじゃなかったら、ゲーする程笑ったはずだ。

「わかんないけど……九条さんだったら、遺族を訪ねているんじゃないかな？　惣太郎君の事件と、他の事件の関連性とか、犯人の痕跡を探すために」

でもそんな見た目と対照的に、内海さんが真顔で言う。

「確かに、その可能性はあると思って、住所を事前に調べてきました」

それぞれ、事故が起きた当時の住所しか調べられませんでしたが……と、山路さんが言った。結局他にどうしていいかわからない。

仕方ない。

じゃあお二人でご勝手に、と、山海コンビに任せて帰る事も出来たけど、そうしなかったのは、なんとなく二人に任せきれないような気がしたからだ。

私は、昔から悪い予感がよく当たる。

そしてさっきから、嫌な予感しかしないのだ。

百合子からの誘いを後から行くと断って、私は覚悟を決めた。

気合いを入れるために、一番お気に入りの青い口紅をひく。

別の私になる為に、一番最初に買った特別な口紅だ。いつも鞄にしのばせている。

強くなりたい時のお守り。

知らんぷりは簡単だけど、正太郎に何かあったら、私はきっと後悔する——もう後悔するのは嫌だ。

状況に任せて、なるようになるはずだって、希望的観測の方ばっかり信じて傷つくのも嫌だ。

私は自分を変えるために旭川に来た。

そんな私に、新しい居場所を作ってくれたのは、正太郎と九条さんだから。

借りを作ったままは気分が悪いから、今度は私が返す番だ。

道道37号を東鷹栖方面に進む。

程なく車は永山橋を渡った。広い河川敷だ。下を流れる川は石狩川だと、内海さんが言った。

「六歳の藤井勝喜君と、五歳の千葉夕月ちゃんが転落したのはこの川です。勝喜君は虫取りをしているうちにいなくなったそうなので、河川敷で転落したと言われていますが、夕月ちゃんは、この橋を一人で歩いていて、転落した事になっています」

「……ここから転落もだけど、五歳の子が一人で歩いてたら、フツーに目立たないかな。柵もないし」

それなりに車は通っている道だ。川からの転落もだけど、車道側に柵なんかがある訳でもないので、ちっちゃな子が歩いてたら、車道側に出てこないか怖くないだろうか？

誰だって子供を轢いたりしたくないはずだ。

「それに……確かに一瞬車を駐めて、ぱっと子供を攫えなくもない。柵がないから、車道と歩道に隔たりがない」

内海さんが言った。

さすがに橋の中央ではムリだろうけれど、橋のたもとや、下の道との合流地点のような所であれば、確かに不可能ではない気がする。

「……そんな、危険っていっぱいあるんだね。ごく普通の道なのにさ」

どこが死角だとか、どこが危ないとか、そんな事考えながら歩いたことって、そんなになかった。

けっして楽しい発見じゃなかったけれど。

カーナビを頼りに、まずは古い方の事故、六歳の勝喜君の家を目指した。

でも建っている家の表札は、藤井じゃなかった。

そして家の前には半分壊れた雪だるまと青いそり、そして子供用の小型のかわいいママさんダンプが置いてある。

インターフォンを鳴らすと、やっぱり藤井さんとは関係ないお宅のようだ。簡単に理由を説明すると、丁度勝喜君と同じくらいの年頃の男の子を抱いた、若いお母さんが玄関に出てきて、二軒先のお宅なら、長く住んでらっしゃるからわかるかも……と教えてくれた。

人見知りなのか、甘えん坊なのか、それとも私の唇が怖いのか、男の子はしっかりとお母さんに抱きついて離れなかった――そうだよ、摑(つか)んだ手を離さないで。君がもう少し大きくなるまで。

教えられたとおりに二軒先を訪ねると、藤井さんの事を、そこの家のオジサンが覚えていた。

事故の後、両親は離婚し、建てたばかりの家をすぐに売りに出して、今はどこにいるのかは全く分からないという。

「詳しい事はわかんないけど、お母さんは自殺しちゃったみたいな事を聞いたなあ」

そうオジサンが寂しそうに言った。

九条さんのお母さんも同じだと聞いた事がある。

私が死んだら、私のママも死んでしまうんだろうか？　不意にそんな事を思って俯くと、内海さんが私のほっぺたをぐにっとつねった。

「な、何すんのよモジャ海！」

「いやいや、人を訪ねるのに青い唇ないでしょ。このクソ寒いのに、どんだけブルーハワイ食べたの」

「かき氷の色じゃないわよ！」

とはいえ、内海さんと同じ事を思ったのか、山路さんが私にハンカチを差し出してきた。

何よ、私の勝負メイクなのに。

でもなんとなく空気は和んだ。ちょっと悲しい気持ちが薄らいで、車内の空気も軽くなった。内海マジックだ。お礼なんて言わないけど。

「じゃあ、どうするの？　もう一軒のお宅？　橋で消えた女の子の？」

「そう……ですね」

山路さんがカーナビに新しい住所を入力した。

ここから五分もしない距離らしい。

「事故から八年か……ここも引っ越してたらお手上げだなあ」

内海さんが窓の外を眺めながら言った。ぱらぱらと雪が降り始めていた。

雪で狭まった住宅街の道を、気持ちゆっくり目に車で五分ほど走ると、二軒目のお宅が見えてきた。

幸い表札は『千葉』のままだ。親類や赤の他人が偶然住んでいる可能性も否めないけれど。

インターフォンを鳴らすと、怪訝そうに出てきたのは高齢の女性だった。

不審者と思われないようにか、山路さんは「警察です」と名乗った。

「また孫が……星が何か？」

でも逆に、おばあさんは緊張したような、警戒心ＭＡＸの表情で私達を見た。

「え？　あ……いえ、実は千葉夕月さんの事で――」

「夕月が見つかったんですか⁉」

おばあさんが、急にぐっと身を乗り出した。

「いえ……そうではなくて……」

内海さんが言葉に詰まった。

「近くに住む友人が、同じように昔、水の事故で弟を亡くしているんです。今、もしかしたら事件なんじゃないかって調べていて……こちらを訪ねて、ご迷惑をかけていないかと思い、お邪魔させていただきました」

仕方ないので私が引き継いだ。おばあさんの顔にみるみる失望の色が広がった。

「ああ……そうなの……」

「すみません」

がっくりと、やっとの事で絞り出したような声に、私は頭を下げる。

「いいえ、いいのよ……大丈夫。わかっているのよ」

そう、わかっているの。そうおばあさんはもう一度小さく繰り返しながら、それでも緊張の糸が切れたように、玄関の段差に腰を下ろした。

「見つかった骨は、DNA検査で間違いなく夕月だっていわれてるのよ。でも……まだどこかで信じてるのね。諦められないの。検査が何かの間違いで――あの子がいつか帰って来るんじゃないかって」

頭痛を堪えるように、額を押さえながらおばあさんが言った。私はもう一度「ごめんなさい」と頭を下げた。

「いいの、ごめんなさいね――それで、用件は何だったかしら。もう一度言って貰える？」

まだ震える唇で、それでもおばあさんは平静を装うようにして、私と、山海の二人を見た。

なのでもう一度説明すると、彼女はさらに寂しそうな表情で「そうなのね」と答えた。

「我が家には来てないわ。それに……ご友人の気持ちはよくわかるけれど……でもうちのことは、もうほっといて欲しいの。来ていただいたところで、なんのお力にもなれないわ」

急な無気力な言葉だった。

さっきあんなに、夕月ちゃんの話を聞くのを喜んだのに。

「でも……生きてるかもしれないって、今――」

「ええそうね。生きていてくれたらどんなにいいか……でも、あの子が生きて戻って来たとしても、きっともう遅いわ。うちはもうね、何もかも壊れた後だから」

「壊れ……」

ぎゅっと胸が締め付けられた。

私の家も、私のせいで半分壊れかけているから。

「詐欺被害に遭われた事は、大変残念だったと、私どもも思っています」

何かおばあさんに声をかけなきゃ、そう思った時、山路さんが言った。

「……ご存じなのね」

おばあさんが俯く。

「はい。夕月ちゃんの捜索費用として、一千万以上だまし取られてしまったと」

「え……？」

山路さんの話に、私と内海さんの表情が強ばった。

「ええそう……それだけじゃないわ。孫の夕月がいなくなって三ヶ月は、本当に地獄だった。息子は夕月の兄と私と、嫁の栄子さんを憎み、恨んだ。マスコミもよ。まったく見知らぬ人から電話がかかってきたり、郵便受けに『人殺し』とかかれた手紙や、動物の死骸なんかを入れられたこともあったわ——みんな私達が夕月を殺したと思ってたみたい」

当日の状況は、九条さんと惣太郎君によく似ていた。

少し年上のお兄ちゃんが、遊びに行くのを追いかけていって、そしてそのまま行方知れずになったのだ。

雪解けで増水した川に落ちたのではないか？　と、沢山の人が捜索に参加してくれたが、祖母や母親に対して、心ない言葉を投げつける人も少なくはなかった。

特に父親は単身赴任で不在であったためか、母親達の味方になってくれなかった。

愛する娘を見失った怒りを、彼は息子と母親と妻に、まっすぐぶつけてきたのだ。

「やがて警察の捜索が打ち切られても、栄子さんは諦められなかったの。当然よ。私も諦められなかったし、誘拐の可能性だってあったのに……」

毎日懸命に娘を探し続けた栄子さんは、やがて胡散臭い人間に捕まった。

藁にも縋る思いで、結果捜索費用として数百万をだまし取られ、更に一千万要求された。

今更後にも引けなかったのか、彼女は夫に内緒で家を担保に借金し、支払ってしまったのだ。

けれど直後に夕月ちゃんの遺体が発見された。

同時にその怪しい捜索会社の男は行方をくらまし、ただ借金だけが残された。

「仕方なく、私が自分の家を売ったりしてお金を作り、ここに越してきたの。嫁は私にお金を返しながら働いているわ。夕月には六歳上の兄もいたから、その子の世話もあったし、息子は夕月のことで愛想を尽かして、家に戻らなくなってしまったから」

今は兄も家を出ているし、夕月ちゃんの両親は離婚こそしていないものの、完全に生活は別になっている。

「もしかしたら、あの子が帰ってくるんじゃないかって、そう思ったらこの場所は動けないけれど……でもね、そんな筈が無いって言うのもちゃんとわかってるのよ。それに帰ってきてくれたところで、ここはもう、みんな空っぽだわ」

ただ後は静かに死ぬだけよ、そんな風におばあさんが言った。何もかも諦めた声だった。

「だから、こんな家に訪ねてきても、なんにもお力にはなれません。どうかお引き取りください」

たとえ警察の方と言われても、これ以上誰にも関わり合いになりたくないと、強い意志で拒絶されて、私達はそれ以上なにも言えなくなってしまった。

「……そんな、娘を探している人からお金を巻き上げるなんて、人間のやる事じゃないよ」

車に戻るなり、私はやり場のない怒りに爪を噛んだ。

大人二人は無言だった。

「……それで、どうするの？　これから」

「そうだな……後は惣太郎君の遺体の見つかった、永山神社の方を訪ねてみるとか？」

そう内海さんが言ったので、山路さんは「そうですね」と短く応じた。正太郎のスマホはまだ繋がらない。

再び車が永山橋を渡る。

「こういう道を歩く時はさ、車の流れる方向と逆の道路を歩いた方が良いよ、反対車線で間に車線を一本はさむだけで、攫いにくくなるから」

流れる景色を見ながら、内海さんがぽつりと言った。

「あ、あとは防犯ブザーね！　鳴らすと犯人はそれを止めようとするから、鳴らしたらソッコー遠くに投げるんだ。犯人はそれを追いかけるから、その間に逃げるんだよ」

思い出したというように振り返って、彼は私に言った。

正直、そういう使い方は知らなかった。危ない時に鳴らせばいいだけだと思ってた。

「……私はもう攫われるような子供じゃ無いけれど」

「いやいや、どんな人間だって、いつどんな風に犯罪に巻き込まれるかどうかわかんないからね。ゴスロリちゃんなんて可愛いから、ちゃんと気をつけないと。ちゃんと持ってる？　防犯ブザー！」

「持ってないけど、スマホのアプリでは入れてるわよ。当然でしょ、蘭香様は可愛いから」

可愛いと言われて照れくさくて、わざとそう強気に返した。

でもスマホ投げるのヤだな。

「確かに誘拐はさ、小学生が多いんだ。一人で歩く機会が増えるけど、まだ身体が小さいから攫いやすい。ただ逆に高校生になると、今度は性犯罪の被害が多いんだ。これは女の子だけじゃなくて男の子もだよ。表面化してないだけで、実際には被害者、加害者に、性別は関係ないんだよ」

女の子が見知らぬ男に襲われるだけが性犯罪じゃない。女性が女性を襲う事もあれば、男性が男性を襲うことも珍しくはない――内海さんがやけに真剣な表情で言った。

「明るくて、綺麗な街でも死角は存在するんだ。そういう死角に犯人がいて、見えないところからそっと手を伸ばしてくるんだ。子供は警戒心が強いから、犯人は身近な所に住んでいる事が多いけれど、今はＳＮＳやオンラインゲームがあるから、犯人と被害者の接点が増えてる」

SNS――まるで全部知ってると、彼に見透かされた気がして、手が震える。

でもそんな事ない筈だ。彼はなんにも知らないはずだ。九条さんや正太郎が、私の恥ずかしい過去を、勝手に話したりしないはず。

「で……でも九条さんの弟が攫われた時は？　十五年前でしょ？　五歳の子供がSNSもネトゲもないよね。その勝喜君や、夕月ちゃんも」

でもあんまり怖くなって、私はちょっとだけ話をずらした――いいや、元に戻したっていう方が正しいかも。

「確かに。だから……まぁ、犯人は当時この近所に住んでいたか、もしくは過去住んでいて土地勘がある人物だと思うんだ。それで……おそらく惣太郎君とある程度面識があったんじゃないかな……」

「だから、余計彼が油断して、声も上げずに攫われたって事？」

「うん。そもそも子供の連れ去りっていうのはさ、午後、放課後から夕方にかけて、自宅から100メートル以内の距離で起きることが多い」

そういう統計があるんだ、と内海さんはまるで櫻子さんみたいなことを言った。数字とは無縁そうなのに。

「子供を数日閉じ込めておけるわけだから、おそらく一軒家。家族との関係は希薄か、ある程度プライベートが保たれる関係性で、自分の自由に出来る車がある。ただ九条さんはその車を見たって言ってるからなぁ……関係ない車の可能性もあるけど」

たとえ小学生の頃でも、九条さんなら一回見た車とか覚えてそうだよねえ……そう内海さんが言ったので、私は頷いた。多分というか、絶対に覚えてそうだ。

「……もしかしたら社用車とか、自分の車じゃなかったのかもしれない。特に白は社用車に多い」

と、それまで黙っていた山路さんも言った。

「とにかく、土地勘があり、惣太郎君の警戒心を少しは和らげられるような関係性か……ねえ、あの辺って、結構古い住宅街だよね」

「結構っていうか……永山は上川原野の開拓のスタート地点みたいなとこよ」

古さで言えば、旭川で一番古い住宅街だと内海さんが言う。

しらんがな。あたしゃ半分札幌人、もう半分は北九州人じゃ。

「えええ？　開拓の祖、永山武四郎に肖ってつけられたから、永山は永山なんだよ!?　知らないの？」

「あー……それって、札幌でさ、創成川とか作った大友亀太郎みたいなもん？」

「その人は僕知らない」

「え？　知らないの、隻眼でちょーかっこいいのに」

「……サッポロファクトリーの横に永山記念公園と、旧永山武四郎邸があった筈なので、札幌出身の人にも無縁ではないと思うけど……」

それまで私と内海さんのやりとりを聞いていた山路さんが、ぽつり、と口を挟んだ。

「サッポロファクトリーねぇ……私さ、アウトドアのイメージ強いし、ファクトリーって映画館とイベントくらいで、隣の公園とかも行ったことないんだよね。服買うのはゴス御用達のＩＫＥＵＣＨＩばっかだし。ってか詳しいね。山ちんって札幌の人だっけ？」

「いいえ。ただ中央警察署に所属していたことが――それより、永山がどうしたんですか？　もう神社に着きますけど？」

ハンドルを手に、慌てて山路さんが言った。

「ああそっか。ううん、ただ九条さんの家の周辺ならさ、当時のことを知ってる人とか、そのまままだ住んでるんじゃないかなって思って。少しくらいは話とか聞けないのかな？」

「確かに……もう一度、一応九条さん達が戻って来てないかの確認ついでに、少し話を聞いてみても良いかもしれませんね」

そうやって事件の痕跡を追っていけば、かならず九条さん達に行き当たるはずだ。

車の時計が、もう二時半を過ぎていた。

復讐とか、悪い事をするなら、もっと遅い時間にしなさいよ――そう時計の針に祈りを捧げたのだった。

■伍

お休みを貰(もら)って、お出かけしているのか、単純に買い出しに行かれたのかはわからないけれど、九条家はばあやさんも不在だった。

インターフォンを鳴らすと、ドアごしに遠くヴォフ！　と、不満そうに吠(ほ)える毛玉の声がする。お留守番の抗議みたいに。

でも九条さんも正太郎もやっぱり戻ってはいないみたいだ。珍しく門も閉まっている。

私達三人は、予想はしていたものの、少しガッカリした。

全く正太郎め、どこにいるのよ。

「じゃあ……どうしよ？」

ひとまず車から降りて、私は同じくニット帽を被(かぶ)りなおした内海さんに問うた。

その時、ガチャガチャとドアが開く音がする。

少し離れた、斜め向かいのお宅だ。

浅田(あさだ)という表札のある、平屋建ての家。

住んでいるおばあさんが、ちょうど玄関フードに置いている野菜か何かを取りに来たみたいだ。

冬の北海道は、雪よけの玄関フードと巨大な冷蔵庫が、しばしば同義なのだ。

「あ、すみませ～ん」

内海さんが、おばあさんにさっそく声をかけた。

「……はい？」

怪訝そうに、しわくちゃのおばあさんが、ガラガラ玄関フードのドアを開ける。

「突然済みません、今日、九条さんとこでみんなでクリスマスパーティする予定なんですけど、ちょっと車が駐めきれなそうで……ご迷惑だとは思うんですけど、夜に何時間か、お宅の前に駐めさせていただいて良いですかね～」

お願いします！　と、両手を合わせて、内海さんがおばあちゃんに媚びる。

「うちの前に？　構いませんけど、雪が……」

「ああもう、勿論、通行の邪魔にならないように、この辺の雪、俺達でがーっとかいちゃうんで！　ダメですかね？」

「え、雪かきを？」

「夕べ急に沢山降りましたもんね。俺達でそのかわり、ここ綺麗にしますから」

そう内海さんが言ったとおり、夕べの雪でおばあさんの家の前は、こんもりと小さな山になっていた。

多分本当に、家の玄関前だけなんとか雪を除けたんだろう。

「この通り、年寄り一人で暮らしてますから、それは大変ありがたいですけれど……逆にご迷惑ではないかしら？」

おばあさんがおずおずと、苦笑いで言う。

「そんなら、尚更やらせてくださいよ。俺達三人なら、あっという間なんで」

ねえ、と内海さんが私と山路さんに振り返った。

私は仕方ないので頷（うなず）いた。山路さんも苦笑いで肩をすくめたものの、NOという意味ではないらしい。

「ね？　これから年末も近いし、一回綺麗にしとくと楽だと思うし」

「じゃあ……お言葉に甘えさせて貰ってもいいかしら……」

「是非是非！　任せてくださいよう、ほら、そこのジョシコーセー、めっちゃ雪かき上手（うま）いし……あ、雪かきのスコップとかお借りしても？　雪は？　普段家の裏の方？　庭に捨ててる感じ？」

そう言っておばあさんとの距離をさりげなく縮めていく、内海さんはすごい。

本日二度目の雪かき外交だ。

まあ確かに、三人でやればすぐの量か。そして内海さんが言うように、私は雪かきが上手い。

そんなの誰でも出来ると思うなかれ。雪かきはそれはもう重労働だが、わたくし蘭香様のような上級者になると、最低限の労力と疲労で、最速で綺麗に除ける事が出来るのだ。

みんな時間が気になっているのだろう。角スコップにママさんダンプにプッシャー、各自の武器をそれぞれ装備して、私達はそれはもう獲物を追いかけるオオカミのような完璧（かんぺき）なチームワークで、あっという間に綺麗にした。

それにたいそう喜んで、おばあさんはアルコールの入っていない米麹（こめこうじ）の甘酒を温めて、私達三人に用意してくれた。あたたかくてあまい。

「助かりましたよ。最近はもう、家の前だけでしんどくて」

「なんもですよ～。でも浅田さんは、ずっとここでお一人なんですか？」

「ええ。夫が亡くなってからね。もう十年以上よ」

なれなれしく内海さんが問うた。雪かきの恩なのか、一人で寂しいのか、女性は愛想良く話をしてくれた。

「娘は時々来てくれるけど、札幌に住んでいるの。東京に行った息子も一緒に暮らそうって言ってくれてるけど、ここでのんびり暮らしたいし、今はそういう時代じゃないでしょう？　気詰まりだし、嫁が可哀相だわ」

「へぇ。じゃあもう完全にお子さんは独立されてるんですね」

「ええ、孫だってもう社会人よ。一番下の子が今年二十歳なの」

玄関フードでの立ち話だ。中にどうぞ、と言われたのを、内海さんは「いやいや、これから買い出しもあるので」と断った。でもおばあさんは、本格的に『お話モード』みたいだ。

「ああ、じゃあもう甘えん坊な年齢じゃないですね。でも……そっか、二十歳だったら、惣太郎君と同じぐらいの年ですね」

「え？」

浅田さんの顔が、一瞬凍り付いた。

「時間が流れるのってあっという間ですね。もう十五年くらいになるのかな」

「……ええ。そうね、そうなるかしら」

――その話題は、禁句。

触れてはいけないことなのだろうか。彼女は急にそわそわしたように、九条家を見ながら、声のトーンを落とし、困惑したように内海さんを見上げて答える。

「いやいや、やっぱりね、お祖母さん達にしてみたら、特別思い入れのある年齢でしょうね。ばあやさんもね、最近よく惣太郎君の話をしてくれるんですよ」

「……お沢さんは、当時とても後悔されていたから」

それを聞いて、浅田さんの顔から緊張が少し和らいだ。私達が余計な詮索をしている訳でなく、ばあやさんと親しいのだろうと安心したんだろう――まあ、半分以上は嘘だけど。

「大旦那さんにね、死んでお詫びしますって、そう泣いていたの……あんまり可哀相で、見ていられなかったわ」

浅田さんは目を伏せて、かつてを思い出すように、そう悲しげに絞り出した。

それを聞いて、心がピリッとした。

「そんなの……少なくともばあやさんは、なんにも悪くないのに」

九条さんは苦手だけど、ばあやさんは大好きだ。優しくて、あったかくて、可愛らしいみんなのおばあちゃん。

そんなばあやさんが、そんな風に自分を責めなきゃいけない状況が悔しい。

別に九条さんだって悪いとは思えない。まだ小学生だったんだし、彼女に責任を押しつけるのももっと違う。

「そもそも母親は何してたって話じゃない……」

「……でも、だからって誰かが悪いって事じゃなかったと思うわ。それにどこのご家庭だって、一瞬目の届かない間に、ヒヤッとする事はあるでしょう」

その一瞬に起きてしまった事故を、イコール普段から目を離していた、というのはあまりにも乱暴な解釈だし、その家庭ごとに家族の、育児の形も違うのだから、とおばあさんが言った。

それは確かにそうだけれど……だけど惣太郎君の話は、なんだかどうしてもモヤモヤしてしまった。

少なくとも二人が責められた状況に納得がいかない。

「確かに実際、目を離した時間はあったかもしれないけれど、ご家族を責めるのは間違いだわ。責める相手が違うもの」

「どうしてですか？」

それを聞いて、それまで口をつけないままの甘酒を片手に黙っていた山路さんが、静かに口を開いた。

「え？」

「普通の迷子ではなくて、惣太郎君が、まるで神隠しみたいに消えてしまったからですか？」

「ええ……そうね、きっと一瞬の事だったと思うの」

「つまり惣太郎君の失踪に、第三者が――その『責められるべき人物』が、別に存在しているると思われてるって事ですね？」

「あ……」

その追及に、浅田さんは確かに困惑というか、これ以上は話せないというように、私達から顔を背けた。

そんなおばあさんに、内海さんがわざとらしく、悲しげに息を吐いた。

「僕もね……今でも本当に事件じゃなかったのか？　って思うんです。やっぱ普通に考えて変じゃないですか」

「…………」

おばあさんは、すぐに内海さんに返事をしなかった。

顔を背けたまま、どこか宙を見て――そして、やがて諦めたように深呼吸をした。

「そうね……でも当時は誰も、言い出せる雰囲気じゃなかったの」

「そうなんですか？」

「ええ……」

内緒よ、と浅田さんが目を伏せる。

「じゃあ噂とかは立たなかったんですか？　誰々が怪しいとか、不審者がいたとか。必ずそういう話が流れたりするもんですけど」

　そう内海さんが問うた。

「……なかった訳じゃないわ。変な男がウロウロしてたとか……それに、隣の宝生さん？　若いご夫婦のお宅。前にあそこに住んでいた小宮さんね、真ん中の息子さんが所謂引きこもりだったの。夜に時々出歩いてたみたいだけど、仕事もしてなくて。趣味も内向的でね」

　アニメとか、漫画とか、そういうのが大好きだったみたいで――そうおばあさんが、まるでそれを悪い事のように言ったので、ちょっと、いやだいぶカチンと来た。

　またそういう偏見か。

　ちいさな子供だってアンパンとか、猫型ロボットとか、だいたいがアニメを見て育つのに、アニメや漫画が悪の入り口だったら、日本の人口の七割は犯罪者になるわ。

「アニメや漫画が犯罪を助長するって発言こそ、現実とフィクションの区別ついてなくてヤバいと――」

　思わず反射的に言い返しかけた私の口を、モガモガ内海さんが塞いだ。

　咄嗟に抗おうとする私を、そのまま山路さんにぐいっとパスする。

　山路さんも何も言わずに、私に無言で甘酒を押しつけてくる……黙ってろって意味か。

何よ、でも私、なんにも、全然、間違ったこと言ってないから。

「でも時々窓から怒鳴ったりしていたから、彼が犯人なんじゃないかって噂がたってたのよ。そのせいか惣太郎君がいなくなって一年くらいかしら、いたたまれなくなったのか、引っ越していったわ」

つまり、九条さんの家のすぐ近くの家の人って事だ。内海さんの言う『子供の連れ去りは、自宅から100メートル以内の距離で起きることが多い』って説とも一致するし、家を出て目の前で攫（さら）われたなら、目撃者だって少ないだろう。

でも……そんな大胆な事するだろうか？　声を上げたらすぐにわかる距離だと思うのに。

「浅田さんは、その人が犯人だと思いますか？」

「……わからないわ。それに当日は、珍しく次男が家にいなかったって言ってたの。本当かどうかは知らないけれど……」

そこまで言って、彼女は言葉を濁した。

「でも……とても真面目な一家だったのよ。母親は専業主婦、父親は教師。一番下の子は道外の一流企業で働いていたし。だけど中古車販売業をしていた長男ですら、軽薄な仕事だって母親は言っていたわ」

ちゃんと働いていたのに、何がいけないっていうのかしらね……とおばあさんは鼻の頭に皺（しわ）を寄せた。

「次男も最初は普通だったのよ。でも大学受験に失敗して、父親に随分叱責（しっせき）されたのをきっかけに、家から出られなくなってしまった」

「じゃあそんな可哀相な子が、犯人なわけないですよね」

そう内海さんが言うと、彼女は寂しそうに頷(うなず)く。

「ええそうね、そうよ……小さい頃は優しい子だった。どんな事があっても、あの子はそんな乱暴な事をする子じゃない」

「だったら、他に思い当たる事は？」

と山路さんが問うた。

「わからないわ。でも永山神社の方で、よく不審者が出るっていう話は聞いていたの。正確には永山小学校や、中学校の方ね。裸の男がうろついてるとか、公園のトイレに隠れているとか」

でもそれは、正直どこでもよく聞く不審者情報だ。勿論(もちろん)その人達が犯人じゃないとはけして言えないけれど。

「でも……家の中の事だって、外からはわからないものよね」

おばあさんもそうだったんだろう。そこまで言って、自分でも納得できないというような、溜息(ためいき)と共に、そう呟(つぶや)いた。

「……町内会長の東海林(しょうじ)さんのところだって、お子さんがクラスで虐(いじ)めに関わってたって問題になったみたいだし、すぐそこの館林(たてばやし)さんだって、亡くなったご主人は、酔うと乱暴な人だった――どこのお宅だって、のぞき込めば暗い部分があるわ」

不意に母親の言葉を思い出した。私がＳＮＳで自分の恥ずかしい写真を売ってるなんて知らなかった母が、私に言った言葉だ――『そんな子じゃないと思っていたのに』。毎日一緒にいる母親ですら、娘の昏い姿を覗き通せなかったんだから、赤の他人になんて本当の事がわかるわけもない。

とはいえ、確かに十五年前の事は、間近な所に暮らす人も違和感をもって見ていたのだと、私達は小さな確信をして浅田さんの元を後にした。

■陸

永山神社は冬を迎えて、寒々と静かだった。

境内を進み、三人で惣太郎君が発見されたという池へ向かう。

大きな池だった。

残念ながら、正太郎の姿も、九条さんの姿もなかった。

「昔、ものすごい不作で困ってた時、この池を作るっていう仕事を作って、町民に働ける場を提供したんだってさ」

と内海さんが言った。

いわば命を繋ぐための公共事業――そんな場所で死体が見つかるのは悲しい。

うっかりブーツの中に入ってしまった雪を、片足だけ脱いで払う。

30デニールの鎧は今日は防御力不足で、私は少しだけ、自分が今何をやってるんだろうという、妙に冷めた気持ちになった。

　こんなんで本当に、正太郎が見つかるんだろうか？　本当に探してどうにかなるのか――スマホに正太郎からの返事は相変わらずない。

　寒そうに身を縮こまらせる鴨を見ていると、丁度淡い色の装束を纏った、若い神主さんが近くを通った。権禰宜さんだろうか。

「すみません。さっき高校生の男子と、二十代後半くらいの髪の長い女性がここに来ていませんか？」

　その質問に、彼は少し首を傾げた。

「ええと……その方かわかりませんが、高校生とショートカットの女性なら先ほどいらっしゃいましたが」

　返事を聞いて、私達は顔を見合わせた。

「ショート……？」

　九条さんが髪を切る事があるだろうか、こんな急に。

　でも絶対にないとも言い切れないし、判断に戸惑う。

「あの、男の子はこの子でしたか？」

　仕方ないので、スマホの中にある画像フォルダから、正太郎を探し出して、権禰宜さんに見て貰った。

「ああ！　多分そうですね。待ち合わせられていたのか、後から来た男性と一緒に、旭（あさひ）山（やま）動物園に行くと仰（おっしゃ）っていましたよ」

「旭山、ですか？」

まあ……正太郎は確かに旭山動物園が好きだけど……。

でも後から来た男の人って？　あとやっぱりショートカットって誰だろう？

「最初、ちょっと奇妙な組み合わせに見えたんです。三人ともあまり親しげではなく、初めてのような雰囲気でしたから、万が一何かトラブルに……と心配だったんですが」

年齢も違う、未成年を含んだよそよそしい三人組の姿は、ちょっとだけ異質に映ったのだと、権禰宜さんが言った。

「でも今は御朱印巡りで、色々な方がいらっしゃいますし、SNSなんかで知り合われたのか、年齢の離れたグループでいらっしゃることが無い訳ではないので……」

でも、と彼は少し言葉をとぎらせた。

「ただ……三人ともお参りにいらっしゃった雰囲気ではありませんでした」

そこまで言うと、権禰宜さんはなんだか妙に含みのある目で私達を見た。

「あ……そ、そうなんです！　実は今日ソシャゲのオフ会で！　今ギルメンとすれ違っちゃってて！」

咄嗟に言い訳をした。考えてみれば、私達もちゃんとお参りはしてないし、年の違う三人組だ。

しかも私は未成年で、可愛い蘭香様で、おっさん二人を連れている。

こりゃフッーに案件じゃん。お巡りさん二人（片方は元だけど）と出かけてるのに、通報されたらヤバいじゃん。炎上しちゃうじゃん。

「ここのくまのおみくじの話題が出たんで、ここで待ち合わせようって話だったんですけど、先に旭山に行っちゃったみたいです」

咄嗟に、私が永山神社について唯一知っている——百合子曰く、『くまのかわいいおみくじがある』という情報を理由にねつ造する。

「そうでしたか。『熊の住む 蝦夷の荒野を国のため きりひらきてよ ますらをの友』……祭神・永山武四郎将軍が詠んだ和歌にちなんだおみくじです。是非お帰り前に引いていってください——ガチャ一回分くらいの値段ですので」

一応、案件三人組という、不名誉な認定は解除されたらしく、権禰宜さんがにっこり笑って言った。

「はい！　課金させていただきます！　今度はちゃんとお参りするよう、三人も連れてきます！」

言い方よ蘭ちゃん……と内海さんが苦笑いで呟いたけど無視した。

山路さんも異論がありそうな表情だったけど、案件よりマシじゃん。

っていうか、あと一人は誰なんだろう？　って、そんな疑問をモヤモヤかかえながら、それでも権禰宜さんに挨拶をして、二人を本殿へ引っ張った。

確かに人捜しだからって、挨拶なしは神社の神様に失礼だし。

内海さんから十円を徴収し、お賽銭箱に投げて、私達は手を合わせた。

どうか、正太郎達が馬鹿なことをしませんように、二人が見つかりますように。

他人のお金でお願いして叶うのか疑問ではあったけど、きっと彼も同じお願いをしているはずだから問題ナシのはず。

でも心配になって、やっぱりもう一回、ポケットの中のなけなしの百円を投げ入れて、ちゃんとお願いした。

私の高校生活はあと一年と少し。誰にも邪魔されたくないし、後悔はしたくないし、させられたくもない。

「心配しなくても大丈夫だよ」

ぎゅっと強く手を合わせていた私に、いつの間にかお参りを終えていた内海さんが言った。

「永山神社はさ、縁結びの御利益があるっていうんだけど、縁結びは縁結びでも、一度切れた縁を結び直す、復縁神社なんだってさ」

「復縁神社？」

「そそ。一回切れちゃった絆を、もう一回結び直せるぐらい強い御利益があるんだからさ、今まだ繋がってる絆なんか、更にぶっとくしてくれるに決まってる――だから大丈夫だよ、正ちゃん達はさ」

なんて強引な解釈なのか……って思ったけれど、不思議となんとなく信じる気になれたのは、縋りたくなるような、冬の冷たい空気のせいだろうか。

正太郎に何かあったら、きっと私達も変わっちゃう。私の大嫌いな『3』という数字になる。

そんなのは絶対に嫌だから。

私達は足早に神社を後にして、旭山動物園に向かった。

これで動物園でフッーに楽しんでたりしたら許さないけど、もし本当に犯罪になんて関わってたらもっと許さないって思いながら、私は日の傾きはじめた空を睨んだ。

■漆

冬の旭山動物園は、最終入園が午後三時らしい。

なんとかギリギリで入れた私達は、クリスマスムードの園内はフッーに綺麗で、こんな事じゃなく、楽しみに来たいと思った。

っていうか百合子とくれば良かった。

イベントがあったりしたせいか、園内もまだまだお客さんが多い。

正直正太郎が、どこにいるのかがまったく想像つかない。

「迷子アナウンスでもかけて貰う？　今ならきっとオオカミたちがオウオウ鳴いてくれ

て一石二鳥だと思うけど」と内海さん。

「モジャ海、毛玉は苦手なのにオオカミ好きなの？」

「いや、動物は全部キライ。でもゴスロリちゃん好きそうだと思って」

「そりゃまあカッコイイよね……」

うん、まあ、確かに好きだけど。

オオカミたちは、園内アナウンスの声に合わせて遠吠えするそうだ。特に閉園アナウンスによく反応して、ファミリーでウォーウォー遠吠えをするのが有名で、それに合わせて来るお客もいるという。

「カッコイイかな？　旭山はどこもデンジャラスゾーンすぎて足が震えるけど」

「ペンギンとかアザラシかわいいいじゃない、まんまるこいし。彼女と来たりしないの？」

「うーん……」

変な相づちが返ってきた。

「うーんってなによ」

「いや、実は今日、本当はデートでこようかって言ってたんだよね」

「旭山に？」

「そそ。それが、さっきＬＩＮＥ見たら、仕事になっちゃったから今度にしようって。彼女看護師さんでね、結構忙しそうなんだよねぇ……」

まあ丁度良かったけど、と内海さんが苦笑いする。

最近特に連絡つきにくいし、二週間ぶりに会える事になったと思ったらこれだ……とボヤいているけれど、言葉の割にそんなに悲しんでいるそぶりもない。なんだかんだ毎日他に楽しい事があるのか、諦めてるのか――なんとなく前者のような気がした。

オオカミと内海さんの彼女の事はともかく、山路さんも園内アナウンスが手っ取り早いだろうと言うので、私達は緩い坂を上がった、園の中央にあるサポートセンターを目指した。

札幌育ちの私には、動物園と言えば円山動物園だ。

は虫類系が抜きん出ている感じがするし、最近はどんどん綺麗になっているし、あそこもキライじゃない。お弁当をカラスに狙われて怖いけど。

でも旭山に初めて来た時驚いたのは、旭山は圧倒的に、動物特有の臭いが少ないことだ。

高低差のある園内は、ぱーっと一望出来ない分、余計に次はなんの動物が……ってわくわくするし、どこも動物を眺める視点が、どっか普段と違うのだ。

旭山は冬こそ楽しいと聞いているけれど、せっかく旭川に来たのに、冬の動物園は来た事が無かった。

冬のアザラシは、完全なる球体だって百合子が言ってた。ペンギンの散歩だって見てみたい。こんな理由で来てなければ、今だって泳ぐペンギンを見に行けるのに……。

くやしいから、近いうちにもう一回来よう……そう思いながらサポートセンターにたどり着いた。

あざらし館とぺんぎん館の間の、魅惑的なスポットに挟まれた、可愛らしい建物だ。

内海さんが代表で、迷子の呼び出しを頼みに言ったので、山路さんと二人、外に残された。

イケオジは無口で、興味津々な私の視線を拒むようにそっぽを向く。

「山路さんは、恋人とかいいの？　クリスマスだよ」

『話しかけないでください』の空気をあえて無視して、私は山路さんに問うた。

でもふっと薄く笑うだけで、彼は質問に答えてくれなかった。

ちぇ、付き合い悪いね。

仕方ないのでサポートセンターの壁に貼られた、チラシなんかを見た。

クリスマス時期だからか、色々な情報が溢れている。

その中に、動物資料展示館で行われている、『動物人形展』のチラシも貼られていた。

クリスマスに纏わる動物等を中心にした人形展で、絵本の読み聞かせなんかも行われるらしい。

いかにもって感じに、クリスマス風に飾られた会場の写真が載っている。

「……あれ」

その中に、私は見覚えのある人形の画像を見つけた。トナカイやクマ、雪だるまの人形達の中に、羊と、そして妖精の人形が絵本を囲んでいる。

「なんだっけこれ」

最近見たことがある――ああそうだ、アレだ、正太郎が探していた。

「これ……この妖精、乙女蝶だ」

「え？」

私の呟きに、それまで無関心そうだった山路さんが振り向いた。

「……この写真の人形……少し前に館脇が調べてた」

確か既に亡くなった北海道出身の人形作家さんのもので、これは人と蝶の間に生まれた乙女の人形だ。

同じ作者の、かわいい羊さんのような、くるんとした大きな角をした人形が飾られているので、ついでに一緒に置かれているのだろうか。

もしくはクリスマスの妖精なのかもしれない。

でも……なんでここに。ここにあるのは偶然だろうか？

「もしかして……この人形を目当てに――イケオジ？」

「動物資料展示館を見てきます」

急に何かに焦ったように、山路さんが険しい顔で言った。

「え？　でもここで館脇を待たないと――」

「んー？　どしたの二人」

丁度サポートセンターから出てきた内海さんが、私達の少し変わった雰囲気にきょとんとする。

「動物資料展示館に行くって」

「どこ？　なんで？」

人の話を聞かずに、一人で先に行ってしまった山路さんの背中と、内海さんを交互に見て、私も困惑した。

「……じゃあ、僕たちも行こうか」

軽く回って探せるように、正太郎が来たら引き留めておいて欲しいと、既にスタッフさんに頼んであるそうだ。

肝心の展示館の場所が分からないので、地図を頼りに内海さんと、少し遅れて山路さんを追いかけた。

雪道の上り坂に、足を取られないように慎重に、けれど全速力で進む。

なんだか妙に嫌な予感がしたけれど、その理由ははっきりしなかった。

でも、ただ急に急がなければと、不思議な焦りが強まった。

程なくして、動物資料展示館にたどり着いた。

九条さんが喜びそうな場所だ。

でも骨なんかが飾ってあるところに正太郎どころか、山路さんの姿さえない。

人形展は二階の図書スペースでやっているらしい。

けれど閉園が間近に迫ってきているせいか、中に人の気配はない。

「良かった……もう、先に行かないでよ……どうしたの？」

そうして二階に行くと、人形展会場の前で、一人立ち尽くす山路さんの姿があった。

彼は何も言わなかった。

恐怖なのか、怒りなのか。はっきりしない強ばった顔の山路さんの視線を追う。

「え……？」

乙女人形はあった。

でもそこにあるべき、ひっそりと美しい象牙色の顔が、人形の首の上から無くなっていた。

■捌

顔っていうのは不思議だ。

それ一つ無いだけで、こんなにも全てを奪う。

他の部分の欠損にはない喪失感——やっぱり、人間は顔が全てなんだろうか。

ただ同時に、貌が失われたことで、乙女蝶は、ソレがあった時よりもなお、異質な美しさを得ていた。異界の美。幽界の美。見えないところで嗤われているような——そんなこの世のモノではない妖しさに、背筋が甘く冷えた。

「こわッ」

けれど内海さんは、単純にそれに恐怖を感じたみたいに、ぶるっと身を震わせる。こんなにキレイなのに。

「でも……なんで？」

どうして首がないんだろう？

「何故？　……そうですね、この首こそが『本当の蝶だから』かな。おそらく彼らが持ち去ったんです」

「彼らって……館脇が？　どういう事？」

でも、どうして乙女蝶だけ？　隣の羊に手をつけないまま、どうして乙女蝶だけ？　と首をひねる私に、山路さんは深く溜息を漏らした。

「この人形師は、元は花房の標本士の一人。彼女は中でも特別な仕事を任されていたんですよ」

「花房……」

「ええ。花房です。人形師の役割は、集めた『白い蝶』を、無垢な乙女に生まれ変わらせる事でした――つまり、彼女は集められた蝶形骨を粉にして、人形の顔を作る石膏に混ぜ込んでいた」

だから、花房って誰？　彼が何を言っているのか、全く分からない。

「人間は、頭の中に蝶を飼っている。脆くて美しい白蝶を。けれどそれは空を飛ばない蝶だ。誰に愛(め)でられる事も無く——やがては灰にされてしまう——

伸ばされた山路さんの指が、私の眉間(みけん)から鼻筋を滑るように撫(な)でた。ぞくぞくした。

「ある人は、それを哀れだと嘆いた。そしてその血を引くもう一人の蝶は、幼く死んだ弟の頭の中に残った蝶を、それはそれは美しいと恋い焦がれた——だから彼は、集めることにしたんだ。それは彼の忠誠であり、献身であり……生き甲斐(がい)になった」

「だから、意味がわからないってば」

でも、なんだかすごく気分が悪い。彼の昏(くら)い眼差(まなざ)しが。

そこから逃げるように、そして助けを求めるように、内海さんを見た。でも内海さんは私達から背を向け、全然違うところを見ている。

「モジャ海……？　どうしたの？」

「いやあ……なんか見覚えがあると思って」

彼は壁に張り出された、旭川の大きな地図を見ていた。

「見覚え？」

そりゃ、旭川に住んでたら、なんぼでも見覚えあるでしょうよ——と思いながら、彼の視線を追いかけると、地図に一本のピンが刺されているのに気がついた。

「このピン？」

細い、まち針みたいなか弱そうなピンだった。先端に桜色の花びらがかざりについている。

「うん――確か、九条さんの家で使ってた気がする……先端に桜のビーズを付けた標本用の昆虫ピン……」

九条さんは必ず自分の標本に、自分が作った証に一本だけ、この桜の昆虫ピンを使っているのだと、内海さんは言った。

「じゃあ……これ、九条さんが刺したっていいたいの？」

「わからない……もしかしたら」

彼女が何かメッセージを残していったのか、もしくは彼女の異常を知らせているのか、罠か何かなのか。

「…………」

山路さんが険しい顔でピンを引き抜いた。

ピンが刺さっていた場所は、神居古潭――旭川郊外の、有名心霊スポットだ。

正直冬に行く場所じゃないはずだけど、でもその分人気もないだろう。

「……どうするの？」

地図を睨む山路さんに問うた。

でも愚問だったと我ながら思った。

他に手立てはないのだ。たとえ誰かの罠だったとしても。

とはいえ何が起きているのか、花房が誰なのか、正太郎達が何に関わっているのか、私にはさっぱりだった。

内海さんもだ。

「いい加減に、もうちょっとちゃんと話してくれませんかね」

車に戻るなり、珍しくちょっと不満そうな顔で、内海さんが山路さんに言った。

そうだ。

なんとなく聞いちゃいけないとか、聞いたら面倒な事になるんだって、そんな気がして聞いていなかったけれど、人形の首を切り落として持ち去るなんて、さすがに常軌を逸してる。

正太郎と九条さんが、本当にそんな事をやってるんだとしたら……って、内海さんと私に、今までにない緊張感が芽生えた。

内心どこか、山路さんの心配を大げさに感じていたし、何より二人が犯罪を起こすなんてあり得ないなって、そんな風に思ってたからだ。

でもそう断言できる自信が急になくなった。

「…………」

山路さんは初め、話すべきかどうか思いあぐねるように黙っていたけれど、やがて覚悟を決めたようにぽつり、ぽつりと話し始めた。

長い話を、花房という、処刑人の話を。

「でも……悪をもって悪を制するなんて、かっこつけてるけど結局『悪』である事にはかわんないよね、自分で悪って言ってるんだし」

私が思わず呟くと、内海さんも頷いた。

「それより……ねぇ、ほんとに正太郎がそこにいるの？　その花房の乙女蝶だか蝶形骨と、九条さんの弟の事件と、何が関係あるの？」

「糸は一本じゃないんだ。今は複雑に絡まっている」

相変わらず山路さんは、肝心な事ははっきりと言わない。

「ただ、少なくとも館脇君は今、その糸でがんじがらめになっている筈だ——操り人形のように」

操り人形——嫌な響きだ。車内の嫌な空気と、なんだかんだ車に乗ってばかりのせいか、お腹の中が気持ち悪い。緊張感に頬が、耳が、火照る。痛みにもにたじりじりという感覚を冷ましたくて、私は車の窓に顔を押しつけた。

「じゃあまさか、山路さんは、本気で正ちゃんが犯罪を犯すって考えてるの？」

内海さんはまだ、それでも信じたくないんだろう。山路さんと内海さんが、段々険悪なムードで言い合いをはじめた。

こんな時にやめてよ。そんな事してる場合じゃないのに。

「そんな事より、糸だかなんだか知らないけど、そいつらは結局何がしたいの？　正太郎を関わらせてどうするつもりなのよ！」

感情的にはなるまいと、必死に我慢していたけれど、声が抑えられない。

車内に私の声が響いた。

山路さんがバックミラー越しに私を見る。

彼は一瞬口を開きかけて——でも何かを飲み込んだのが分かった。

「何よ」

「……錬金術を知っているかい？」

「え？」

唐突な質問だった。でも私の得意分野だ。

「他の物質から金を生み出す技術——広い意味では、命や魂を生み出す化学。賢者の石を見つけ、金と不老不死を得るために、実際に存在する科学よ。ヒ素を発見したスコラ学者のアルベルトゥス・マグヌスや、ローダナム——つまり阿片剤を発明した、医学界のルター、パラケルススが有名」

滔々と答えると、山路さんが怪訝そうに私を二度見した。

「え……なにそれ、ゴスロリちゃん……詳しいね……」

「人生の必修科目だから」

そうだ。たとえ数学の方程式は覚えられなくとも。

「けれど、その誰も不老不死は得られていない。死者をよみがえらせることも。フランケンシュタイン博士は実在しない」

「だから何？」

「だから、『彼ら』は模倣することにしたんだ。弟子達はよく似た偽物を必死に描いて――本物にする事に決めた」

「ゴヤの名作『巨人』が、実際は助手であり、弟子であったアセンシオ・フリアの作品だったように？」

でもどんなに見事な作品でも、絵に残されたゴヤにない筆の迷いは、結局偽物は本物にはなれない事を証明している。

偽物は偽物。

どんなに頑張ったって偽物なのだ。

山路さんが、ふっと苦笑いした。

「君は……知識だけは立派だね」

「それって褒めてくれたの？　けなしてるの？」

「学ぶのは大事だよ。だけどいつか、知識に裏切られる日が来る。必要なのは信念だよ。誰に踏まれても曲がることも、折れることもない頑強な揺るぎ無い信念だ。生きるとは失う事だからね。何を失っても、迷わず自分を生きていけるように」

山路さんが言った。でも……迷うのは間違いなんだろうか？　思わず内海さんを見た。

「俺も硬すぎるより、柔軟な方が良いと思うけどね」

そう言って、内海さんが肩をすくめる。山路さんの眉間に、深い皺が走った。

「だが……彼らは柔軟にすらなることが出来なかったんだ。己の信念もなく、ただ忠誠だけで生きていた愚かな連中には」

忠誠なんて、『まさに裏切られんとする人々に特有の美徳』って、アンブローズ・ビアスが悪魔の辞典に書いてるのに。

でも、だから『彼ら』は今、偽物を作ろうとしているのだ——そう彼は言った。だったら、その偽物ってなんなんだろう？

でもその先を聞くには時間がなかった。車が目的地に着いたからだ。

「どこだろ……古潭公園か……ストーンサークルはないか。じゃあやっぱり神居大橋とか、駅舎の方かな」

内海さんが流れる景色を見ながら言った。川沿いの自然の多い道は、雪のせいもあって視界が悪い——けれど、橋の側の駐車場には、車が二台ほど駐まっているのが見えた。

「……九条さんの車じゃないな」

内海さんがぽつりと呟いた。

確かにあの茶色い車は駐まってない。

「…………」

そうして、車を横に駐めた時、内海さんの表情が強ばった。

「……どうします、山路さん。これ、通報しとく？」

「いや……まず状況を見ましょう。今すぐ警察が来てしまったら、警戒した彼らに逃げられてしまうかもしれない」

自分たちは警察なのに、おかしな事を言うと思いながら、私も隣の車を見た。

横に駐まった白い車のフロントガラスが割れ、うっすら積もりはじめたフワフワの雪の下、赤い血がポタポタと、丸くいくつものシミを作っていた。

第参骨　館脇正太郎の場合

■壱

子供の頃、学校の防犯教室で、『知らない人の車に乗ってはいけません』って習ったことを思い出した。

でも——だったら、それが知り合いだったら、どうしたらいいんだろう。

知っている人が犯人だったら。

僕みたいに高校生ですら、こんな風に不用意に車に乗ってしまうのに。

とはいえ、僕はあまりに無防備で、愚かだった。

信じすぎてしまっていたのだ、水谷好美という人を。

彼女は僕がこの手で、死の渕から引き戻した人だ。

だからって彼女の生殺与奪の権利を、僕が持つわけではないけれど、でも彼女にはこの先も生きて欲しい。どうか——出来る事なら幸せに。

だけど好美さんは怒ったような、とても緊張した表情でハンドルを握っていた。

今はギリギリ、かろうじて落ち着いているだけのような気がする。一歩間違えたらすぐに激昂してしまうんじゃないかって、そんな危うい雰囲気に、僕は彼女に従うことしか出来なかった。

「……何処に行くんですか？」

当たり障りのない質問をして様子を見た。

「協力者と合流するわ」

「協力者、ですか……？」

「事前にやらなければいけない事がいくつかあるの」

事前……って、そもそも本来の目的がはっきりしないのに、事前と言われても……。

「その人達と……何を？」

「私は人形の首を取り戻す」

おずおずと問うと、好美さんがきっぱりと言った。

人形の首……？

人形の首に、どうしてそこまでこだわらなければならないんだろう？

「そんなに……特別なもの、なんですか」

「ええそうね。そして人形の首を奪った男から、彼らが命を奪う」

「彼らって……協力者、ですか？……亡霊達は、悪人に悪人を殺させるんじゃないんですか」

「ええ、そうでしょうね。彼らは『亡霊』ではなく、『標本士』と呼び合っているはずだけれど」

標本士――その響きに、僕は櫻子さんの事を思いだした。

奇妙な一致だと思った――或いは必然なんだろうか。

そこまで答えると、質問攻めの僕に疲れてしまったのか、彼女は短く息を洩らすと共に、唇を横に結んだ。

そのまま数分、沈黙が流れた。

どうしたらいいだろう——そう思いあぐねながら好美さんを見た。よく見ると、ハンドルを握る手が震えていた。

「……好美さん……やっぱりこんなの間違ってますよ」

本当は彼女も怖いんだ。

「悪い事をしてはいけないと、死んだお祖母ちゃんがいつも言っていました。悪い事は、いつか必ず自分に返ってくるからって……」

「それが何？　自分に返ってきたからってなんだっていうの？　この世で一番大切な人がいなくなった世界で、からっぽに生き続ける以上の地獄があると？」

脳味噌をフル回転させて、彼女をなんとかして止めたかったけれど、残念ながら僕の言葉はやっぱり響きそうにない。

今度は僕が息を吐いた。

今こうやって車内で話して、どうにかするのはムリだ。

勿論諦めはしないけれど、冷静にタイミングを見計らって、今は大人しくしてるしかないと思った。

「……じゃあ僕たちは、これからその……蝶に会って、彼らに殺し合いをさせるって事なんですか……」

「ええそうね。処刑されるのは、昔から幼い子供を攫って殺している男。処刑するのは彼に家族を奪われた兄姉よ」

「まさか……でもその人達が悪人なんですか？　だって……」

つまりは被害者の遺族という事だ。犯人に家族を奪われた人……櫻子さんみたいに。

復讐したいというのはわかる。櫻子さんを見ていれば痛いほど。だけどその人達が今は加害者の立場で、悪を滅ぼすための邪悪な駒として使われるなんて。

「その人達が……本当に悪人なんですか？」

「少なくとも十年後には、二人とも他人の血で手が真っ赤でしょうね。特に彼は既に、保護観察中だったはずよ。妹が死んでから、一家は離散。母親は娘を探すという怪しい業者に大金を搾り取られ、今は彼自身が、オレオレ詐欺に加担したり、犯罪行為に身を浸している」

「そんな……」

詐欺の被害者が、詐欺の加害者になるなんて。痛みや苦労をわかっている筈の人が、奪う側に回るのか……。

だけど事件をきっかけに家族が、人生が壊れる人を沢山見てきた。

それに被害者を詐欺に遭わせる人間はもっと邪悪だ。

そして絶望が、新しい罪を喚ぶ事もある。

「……待ち合わせ場所は何処なんですか？」

気がつくと、車は見覚えのある道を走っていた。その事に、僕は背筋がざわっとした。

急に僕の心拍数が上がった。

だってこの道は、本当に僕にとって馴染み(なじ)のある道で、それで――。

「よ、好美さん……？」

擦(かす)れた声を絞り出し、もう一度問う。

好美さんがうっすら口角を上げた。

「永山神社よ」

■弐

永山神社は上川地方最古の神社と呼ばれる、旭川で最も歴史ある神社だ。

櫻子さんの家から近いこの神社の、大きな鳥居の見える光景は、もはや僕の『日常』の一部であり、それはつまり、櫻子さんと過ごしてきた時間の長さを意味する。

改まってお参りした事こそ少ないこの場所に、いつかゆっくり来たいなと思いながら、でも「いつでも行けるや」という気持ちから、ついなかなか来る事がなかった。

だのにこんな風に来る事になるなんて……。

鳥居の端を好美さんとくぐりながら、不思議な罪悪感が芽生えた。

もし――もし何事もなく、恙なく今日一日を終えられたら、今度はここにちゃんと来てお参りしよう。そう心に誓った。

予報ではそこまで寒くない筈だったけれど、車から降りると確かに寒さを感じた。鎮守の森も冬枯れて、風通りも良くなっているせいか、余計に寒く感じるのかもしれない。

やや早足で歩く好美さんを追って、広い池のほとりまでたどり着くと、橋の近くに二十代前半くらいの男性が立っていた。

寒そうにベンチコートの前をかき合わせ、爪先が凍えないようにか、それとも苛立ちにか、足をせわしなく動かしている。

少し痩せ型で、尖った顎と耳に数ヵ所空いたピアスが、なんとなく攻撃的な印象だ。温厚だとか、友好的な雰囲気の反対というか。空気からして声をかけにくい。

あの人なんですか？　と一応確認の為に好美さんを見た。

彼女はちょっと小首を傾げて見せた。どうやらこれから会う人の顔もよく知らないみたいだ。

……大丈夫だろうか？

とはいえ、僕らが近づくと、相手の青年も僕らに気がついたように、こっちを見て、意味ありげな視線を送ってきた。

僕たちを前に、少し彼の警戒も解けた。彼も緊張のせいで気が立っているのかもしれない。

「ええと……千葉星君ね？」

彼女はどこかほっとしたように息を吐いてから、少し早足で彼に近づき、そう問うた。

彼は無言のまま頷いて——そして、池を見た。

「……ここでも男の子が亡くなったって……夕月が死んだ七年前に」

「ええ……」

険しい顔で彼が呟くと、好美さんが俯き加減で頷いた——惣太郎君のことだ。

「本当に……犯人を見つけたのか？」

千葉さんはそう、微かに震える声で問うた。多分寒さではなく、怒りに喉を震わせて。

好美さんがさらに緊張した表情で、もう一度頷く。

その表情の端に怯えを感じた。

好美さんは冷酷さや冷淡さが足りないというか……正直やっぱり大きな犯罪に向いてなさそうな気がする。

感情的な雰囲気の千葉さんと好美さん。本当にこの二人と、『処刑』が出来るんだろうか？　勿論そんな事したくはないけれど。

「犯人って、いったい誰なんですか……？」

でも僕も気になった。万が一惣太郎君の事件に関係する可能性もある。

「犯人は以前この近くに住んでいた、現在五十九歳の男よ」

「この近所に!?」

「ええ。小児性愛者で、性的に不能になってからここ十五年間、攫った子供を次々殺していた。最初は友達になるの。本人も小さな友達が好きだった。でも子供達が自分に恐怖や反抗心を見せると、途端に激昂するの——そうしたらもう手をつけられない」

「え……」

ぞっとした。酷い話だ。千葉さんの顔にも明らかな怒りが宿った。

「他にも窃盗、強盗、殺人以外にも犯行を繰り返して、何度も逮捕されている。ここ数年事件を起こしていなかったのは、そのせい」

「でもそれと、乙女蝶の首と、なんの関係が？」

思わず聞いてしまったのは、好美さん達がどうその犯人と関わっているのか疑問だったからだ。

「三度目の服役中、彼はいい金儲けの情報を手に入れた——乙女蝶よ。あれは本来は人手に渡る予定ではなかった。けれど人形作家だった彼女が亡くなり、遺族によって全て売りに出されてしまったの。標本士達は、みんなあれを取り戻すのに必死だった——姉さんも」

だからやっと手に入れた一体を、母親のところに預けていたけれど、盗まれたんだって、好美さんが言った。

「服役中に乙女蝶がお金になることを知った犯人は、以前からはした金で動く、チンピラみたいな男に人形を回収させることにしたの——杏の叔父よ。彼はいつもあの男の悪知恵に加担していた」

男は杏さんの叔父を使って、清美さんのお母さんの人形から首を奪い去った。けれどあれは、元々清美さんが取り戻した人形で、何かあれば好美さんがそれを守ることになっていたのだ。

そして清美さんのお母さんも、亡くなってしまった清美さんとの約束の人形を、盗まれてしまった事だけが原因かどうかは定かではないにせよ、人形の前で命を絶っている。

人の命すら左右してしまうほど、特別な人形だと言うことは、なんとなく理解はした。

でも……。

「人形の首は、標本士達に売れれば大金に換えられる。彼が他の標本士に売ってしまったら私はもう二度とそれを取り返せないかもしれない。だからなにが何でも取り返すわ。それが男への復讐にもなる」

「そしてその男は、俺が好きにしてもいいんだよな？」

好美さんの話を、唇を強く横に結んで聞いていた千葉さんが、薄く笑っていた。

「構わないわ。でも人形を取り返すのが先よ」

その後は、男を好きにすれば良い——と、好美さんは相変わらず緊張した表情で答えた。やっぱり彼女は、常に恐怖を我慢している気がする。

だったら、そんなことしなきゃ良いのに——とは言えなかった。

　今言ったところで、火に油を注ぐだけだ。

　とにかく僕は冷静でいなきゃ……そう心の奥で強く誓う。

「じゃあ行きましょう。時間に余裕があるわけではないから」

　好美さんが僕と千葉さんを促すように言って歩き出す。

「協力してくれる方は、千葉さんだけなんですか？」

　慌ててそう問うと、好美さんが頷いた。

「後からもう一人合流するわ。でも今はそう。早く移動しましょう」

　これ以上ここに用はないわ、と好美さんが言う。

「移動って、どこに？」

「旭山動物園よ」

「え？　旭山なんですか!?」

　思わず少し大きな声が出てしまった。それに驚いたように、神社の神主さんと思(おぼ)しき男性が、少し離れたところで僕を怪訝(けげん)そうに見ていたので、一応軽く頭を下げた。

　そうだ、神社なんだ、声を上げて騒ぐ場所じゃない。

「旭山……は、確かに冬期で閉園時間も早いから、急いで行った方がいいと思いますけど……」

　声を潜めて好美さんに言う。

　好美さんはそうね、と頷いて歩き出した。

千葉さんは「動物園かよ」と少し不満そうに毒づきつつも、従うしかないというように、僕より数歩前、好美さんのすぐ後ろを歩いて行った。

僕は戸惑った。今なら二人から逃げられるかもしれない。少し離れた所に神主さんもいる。

彼に助けを求めたら――でも、二人はどうするだろう？　二人で復讐を果たすのだろうか？

約束を破った僕は亡霊達――標本士達の敵に回り、櫻子さんに危害が及ぶかもしれない。それに――さっき好美さんが話してくれた犯罪者の話が、もう少し聞きたい。もしかしたら、本当に惣太郎君の事件に関係があるかもしれない……。

躊躇いで一瞬足の止まった僕に気がついて、好美さんが振り向いたので、慌ててその後ろを追う。

チャンスを慎重に待たなきゃ。きっと……今じゃない。

好美さんの車に戻ると、彼女は何も言わずに暖房を強くした。

外で待っていた千葉さんの身体を案じたんだろう。

「そこにフリースもあるから、必要なら使って」

後部座席の千葉さんにそう告げる。そっけないフリをしているけれど、好美さん自身は本当はきっと優しい人なのだと思った。

僕が櫻子さんに出会って、目指す進路すら変わったように、やっぱり好美さんも清美さんに影響されて、人生が変わった人なのだろうか。

でもそれは、自分の選択でもあるはずだ。

僕は別に、櫻子さんを盲信してるわけじゃない。確かに彼女に会って、色々なものの見方が変わったり、知らない世界に足を踏み入れはしたけれど、でもその中から僕は『選んだ』んだ。

好美さんだってそうだろう――清美さんと一緒にいる事を、彼女は自分で選んだんだ。自分を捨ててでも。

その選択を貶めたりはしたくない。

「そうですよ、寒くないですか？　しっかり温めた方が良いですよ。もう少し暖房上げて貰います？　急いでコンビニ寄って、僕温かい飲み物とか買ってきましょうか？」

だから好美さんのかわりに千葉さんに問うた。

「え？　あ……ああ、別に……平気だけど……」

「足とかかじかんじゃってません？　これ、使ってください」

いつ櫻子さんが『お外遊び』をはじめるかわからないので、鞄の中に常備しているカイロを一つ取り出して彼に渡すと、千葉さんは戸惑ったようにそれを受け取った。

彼は何か言いたそうな、少し拗ねたような表情で、結局袋の中からカイロを出し、手で擦り合わせて温めはじめた。

永山神社から旭山動物園は、冬場の道の悪さを考慮しても、車で十五分くらいだろう。もしかしたらカイロが温まる前に着いてしまうかもしれないけれど。

時計を見ると、まもなく二時になる所だった。

「……本当に、その男が犯人なんだよな？」

「少なくとも、私はそう聞いているわ」

それをどこまで信用出来るのかは、僕たちにはわからなくて、少しだけ千葉さんと僕は目を見合わせた。

「姉さんの友人だった人からの情報だから、私は信じてるわ。姉さんが死んだ後も、色々手を貸してくれたの」

好美さんはそう言って、ちらっと僕を見た。

確かにここで嘘を——少なくとも千葉さんに嘘をつく必要はないのかもしれない。

きっと千葉さんは蝶だ。標本士達に騙され、罪で罪を切り刻み、自分の事まで滅ぼす運命だ。

だけど本当にその男が、子供達を殺しているんだとしたら、罪を償わせるべきだと思う。

もしかしたら、惣太郎君の事も何か関わりがあるかもしれない。

通報した所で既に事故として決着した事件だ。

火葬も済んだ子供達からどれだけ証拠を引き出し、立件できるものだろうか？

法律でどれだけ裁けるか不明だし、彼が別の子供達を毒牙にかけないとも限らない——特に性犯罪は認知の歪み、善悪の問題ではなく、犯人は過ちを繰り返す——そう櫻子さんが前に言っていた。だったらいっそ……。

とはいえ、私刑はやはり間違っている。

どうしても許せなかった悪に翻弄され、自らも罪を犯してしまった小葉松さんたちの事を思い出す。

正義のために振るった拳は、相手だけでなく自分の事も傷つけるのだ。

だけど彼が惣太郎君を殺した犯人だとしたら、そしてそれを櫻子さんが知ったなら、また彼女は我を忘れてしまうかもしれない。

それが一番嫌だ。

何が何でも、僕が櫻子さんの日常を守るんだ。亡霊達の好きにはさせない。

僕は覚悟を決めて、スマホを手にした。

「何をするつもり？　すぐに電源を切りなさい」

好美さんが途端に厳しい口調で言う。

「今日はクリスマスパーティの予定だったんですよ。親にも連絡しなきゃ心配するし、友達もです。予定が出来て遅くなる、くらい言っておかないと、逆に探されたりしたら困るんじゃないですか？」

そう答えると、彼女も納得せざるを得なかったようだ。

だからといって、時間はかけられないし、大勢に伝えることも出来ない。

それに誰に連絡するのが一番なのか、その選択もすぐには出来なくて、結局一人の人にメールを送った——設楽先生だ。

『惣太郎君を殺した犯人を見つけたかもしれません。僕はこれからその人を追いかけます。もし……もしそのせいで、この先僕が櫻子さんの側から離れなきゃいけない事になったら、どうか先生が、櫻子さんをこの世界につなぎ止めて下さい。彼女がどこかに飛んでいってしまわないように……櫻子さんは怪物でも、蝶でもなく、「人間」ですから』

それだけ送って、僕はスマホの電源をまた落とした。

これ以上は、誰かから連絡が来ても僕が危ういし、誰かを不用意に巻き込むことになるかもしれないから。

ここから先は、僕次第だ。

スマホを鞄にしまい、深呼吸をひとつして、車窓の向こうの流れる景色を眺める。

丁度お祖母ちゃんのお墓の横の通りを走っていた。お祖母ちゃんはこんな僕をどう思うだろう——怒るだろうか？

青看板に旭山動物園の文字が見えて、僕は覚悟を決めてシートの上で姿勢を正した。

怒られるとしても、僕はもう引き返せないのだ。

冬の旭山動物園は最高に楽しい。

ペンギンの散歩もあるし、冬は夏より動物たちが活発だったり、全体的にモフモフフカフカまんまるくてかわいい。

夏場も良いけれど、僕は冬場の動物園が大好きだ。

永山神社もだけど、旭山動物園は、こんな犯罪のためにだなんて、絶対に来たくなかった。

ここは家族だとか、友達だとか、大好きな人と楽しい思い出を作ったり、動物たちを通して『生きる』って事に、まっすぐ向き合って学ぶ場所だ。

これから誰かを傷つけようとしている僕らが、ズケズケと入るべきじゃないような、罪悪感がこみ上げた。

「好美さん……本当にここなんですか？」

「ええ」

「…………」

出来れば動物園に迷惑がかかるような事じゃなければいい。沢さんにだって申し訳ない。

それに、そもそも人を傷つけるようなこともしたくない。

特に今日はクリスマス直前の休日だから、家族連れも多い。平和なクリスマスカラーの動物園で大きな問題を起こすようなことは絶対にしたくなかった。

「それで……ここで何をするんですか。いい加減ちゃんと教えてくださいよ」

「そうね。貴方に協力して貰うわ。展示物を盗んで欲しいの」

「僕が？　展示物を？」

突然の協力願いに、僕は困惑した。協力と言うより命令だろう。嫌だと言うことは許されそうにない。でも――何かを盗むなんて。

「文句があるの？……他の仕事の方が良いの？」

好美さんが意味ありげに僕を睨んだ。

「…………」

そりゃ、確かに誰かを傷つけるとか、そういう事よりはマシかもしれないけれど。

どうして僕が、そんな事を……。

でもそもそもこれは、亡霊達との約束だ。僕がした約束なんだ。

櫻子さんを守る為に。

「わかりました。どこで何を盗むんですか……」

「動物資料展示館で、クリスマスの特別展示が行われているの。今そこに、何体かの人形に交じって、乙女蝶が飾られているわ。その首を盗むの」

「そんな！」

人形の首を切り落とすだなんて……そんなの、ただ盗むだけじゃなく、なんて猟奇的な事だろう。

「仕方ないわ。犯人には、姉さんの人形の首ひとつと引き換えに、二つの首を渡すという話をしているの。私が既に手に入れた首は一つ。もう一つを手に入れなきゃならない」

「だけど……」

「貴方が盗まなければ、どうせ他の標本士が盗むでしょう。心配しなくて良いわ」

それで心配しなくていい、というのはあまりに強引な考えだと思ったけれど、とはいえ、従わない方法も見つからなかったし、もっと他に怖いことを手伝わされるよりはマシな気がした。

犯罪にいいも悪いもないとは思うけど。

仕方なく言われるまま、何の動物も見ずに、まっすぐ坂を上がって、動物資料展示館を目指した。

歩きながら、どうしてこんな事になったのだろうと、改めて考えた。

きっかけはなんだったのか。

始まりはどこなのか。

自分はごく普通の、退屈な人間で、個性もないまま一生を終えるのだと思っていたのに。今は凄惨なご遺体を目の当たりにしても臆するどころか、その死因を知りたい、無念を晴らしたいと、そう強く思うくらいになった。

あの日、永山神社まで続く綺麗な道を歩く、真っ白な『彼女』に心を奪われてしまったせいか。

出会ってきたご遺体や、加害者、被害者、遺族のせいか。それとも——ひい祖父ちゃん譲りの、正太郎という名前が、惣太郎君に似ているせいか。

僕に似た少年が、非業の死を遂げてしまったせいか。

一瞬頬をかすめた風が、綿雪を運んだ。それが一瞬白い蝶のように見えた。

今日1匹の蝶が北京ではばたけば、翌月ニューヨークで嵐が起きる——バタフライ効果と言われる理論だ。

蝶の他愛ない小さな羽ばたきがきっかけで、遠い場所に大きな嵐を起こすように、何がきっかけで、何が起きるかはわからないが、見えない因果が人生を動かしているのだ。

出会わなければ良かったと思う事もある。

こんなに辛いなら、こんな人生など選ばなければ良かったと思う時も。

だけど同時に、自分の凡庸な人生の中で、『僕にしか出来ないのだ』と、確固たる自覚と自信を持てる事が、この先いくつあるのだろうかと思ってしまう。

少なくとも、今この時、僕にしか出来ない事がある。

だからといって、ここは僕の大好きな場所だ。そこで罪を犯すのだ。

恩を仇で返すというのはこういう事を言うのだろうか？

罪悪感で吐き気がした。

盗んだことがバレるかもしれないし、バレなくても、この先ここに来にくくなるだろう。

いつかその罪を償う方法はあるだろうか？

もし次来る時は、ただ楽しむだけにしたいと思った。それが可能なのかはわからないけれど。

できれば櫻子さんと。

二人で。

二人だけで。

気がつけば、動物資料展示館はもう目の前だった。

一階の展示館は、多分櫻子さんが、旭山動物園で一番好きな場所。過去に動物園で飼育されていた動物たちの剝製と、骨格標本が飾られているのだ。その数は百点を超える。

でも乙女蝶が展示されているのは、その上、二階の動物図書館の方らしい。

今日はクリスマスイベントの一環で、人形の展示だけでなく、絵本の読み聞かせをやっていたらしい。

丁度終わったところなのか、わいわいがやがや、親子連れが続々建物から出てくる所だった。

良かった。イベント前やイベント中の人の多い時間は避けたかった。あとはとりあえず、中から完全に人がいなくなるのを待って、人形を……。

ざわざわと、人の動く気配が遠ざかっていくのを感じながら、僕らは建物の中に入った。

千葉さんは人が来ないか見張ってくれるそうだ。一階の入り口に残った。

好美さんと二人、二階へと急ぐ。

実は人形が偽物だったり、見たら違う展示だったたっていう事はないだろうか——そんな淡い淡い期待をした。無理だってわかってたけど。

「……え？」

だけど、たどり着いた人形展は、僕の想像と違った。

一歩遅れて異変に気がついた好美さんが、泣きそうな声を上げる。

「嘘……そんな……どういう事？」

でも——そうだ、自分でも言ってたじゃないか。僕らが盗まなければ、他の誰かが盗むだろうって。

だけど、だからってこんな——信じられなかった。

そこに飾られた乙女人形には、既に首が無かった。

「ど、どうしたらいいんですか？　いったいどうしたら——」

言いかけた瞬間、不意に誰かが僕の肩を掴んだ。

「これは正しい事ではないから、後で沢さんにきちんと謝らなければならない。同時に防犯の甘さも指摘しなければいけないのが心苦しいがね」

その声を聞いた瞬間、安堵と、そして絶望が僕の心を支配した。

「――そう思わないか？　少年」

そう不敵に笑ったのは、他でもなく櫻子さんだった。

■参

「いったい、どうして……？」

櫻子さんの存在ほど、僕を安心させる人はいない。

でも、今日だけは関わらないで欲しかった――見慣れたその笑顔が、今は悲しい。

「最初に処刑人は兄妹と言ったでしょう？　彼女が二人目よ」

好美さんがほっとしたように言って、櫻子さんに手を伸ばす。

「まったく、君から連絡が来た時はほんとうに驚いたが――丁度良かったよ。そもそも今日はここに、標本を届けに来たんだ」

櫻子さんは旭山動物園のロゴが入った、紙袋を好美さんに押しつけた。

オオカミのシルエットの横には、For our only planet For all of its life と書かれている。

――すべての生命とたったひとつの地球のために
胸がチクリとした。

すべての生命は、一つ一つの生命だ。

「……まあいいわ、早く車に戻りましょ。長居は無用よ」

袋の中を見た好美さんが満足気に言った。

「何処に行く？」

「神居古潭よ」

櫻子さんの質問に、好美さんが短く答える。

「神居古潭か。冬に行く場所じゃないな」

「人の多い所で会いたくないでしょ——いいから、話は後にしましょう」

好美さんが促した。彼女は一刻も早くここを離れたがっていたし、それは僕もだった。


助手席は千葉さんに譲り、僕は櫻子さんと後部座席に座る。

コンパクトサイズの軽自動車だから、普段より櫻子さんとの距離が近い。

冬のガタガタ道で車が揺れる度、膝(ひざ)が、肩が触れあう——いつもなら嬉(うれ)しかったかもしれないけれど、彼女の体温を感じる度に、今日は焦りが、怒りが、失望が、こみ上げてくる。

「なんで……来ちゃったんですか」

そう声を絞り出すと、櫻子さんは肩をすくめた。

「彼と同じく、家族を奪われた人よ。復讐(ふくしゅう)する権利があるでしょう」

代わりに好美さんが答える。

だけど、彼女を罪から遠ざけるために、僕が代わろうと思っていたのに、これじゃあ意味がない。約束を果たすと覚悟を決めた意味が。

だのに櫻子さんは、相変わらず涼しい表情だ。僕の気持ちなんてこれっぽっちもわかってくれていない。

いつもそうだ——ああ、そうだ。いつもこの人は、僕の気持ちをわかってくれないんだ。

これでますます僕はタイミングを見て逃げるとか、そういった事が出来なくなってしまった。

最初から出来なかったのかもしれないけれど。

でも、こうなってしまった以上仕方ない。何が何でも、櫻子さんを守るしかない。

神居古潭は、旭川の西に位置する渓谷で、旭川八景の一つとして数えられている美しい場所だ。

名前の由来はアイヌ語で神の住む場所。

それは、その景色が美しいからとか、そういう理由じゃあない。

複雑に流れる急峻（きゅうしゅん）な石狩川の流れ、場所によっては70メートルを超える水深が、荷を抱えて川を渡った人々の命を、いくつも奪ってきたからだ。

悪い神のいる場所——それが神居古潭という渓谷で、同時に北海道でも有名な心霊スポットだ。

とはいえ美しい風景も、おどろおどろしい心霊体験も、暖かい時季の風物詩で、今の季節には不釣り合いだ。

冬に行きたい場所じゃないし、単純に危ないような気もする。

こんなに心躍らないドライブは久しぶりだ。

「でも……これから日が暮れるのに、そんな寒い場所で待ち合わせなんて……人気を避けるにしても、もっと別の場所は無かったんですか？」

「かつて川に住む悪い神が船を沈めると呼ばれた川よ。子供達の復讐よ。彼を水葬するにふさわしい場所でしょ」

つまり、遺体の処理もその川で……って事なのか。それで本当にバレないんだろうか？

思わず櫻子さんを見ると、彼女はすましたまま、それを否定も拒否もしなかった。

「……百回沈めたって足りねえ」

千葉さんが呟いた。ぞっとするほど昏い声で。

「君も家族を奪われたのか？」

「妹を」

「けれど妹だけじゃない」と彼は苦々しく洩らした。

「……おかしいと思ったさ。夕月が川に落ちるなんて、そんな筈ないって。でも確かに夕月は出かける俺を追いかけて、一緒に付いてこようとしたんだ」

話を聞く櫻子さんの表情が強ばった。

「駄目だから、家に帰れって言ったのは俺だ。ちゃんと家まで送ってやれば良かったのに、橋にそのまま置いていったんだ」

普段はちゃんとそうしていたと、彼は言った。

年の離れた妹の事を、千葉さんは可愛いと思っていた。鬱陶しい時も勿論あったけれど、ケンカだってしたけれど、それでも大切な妹だった。

「でもその日は友達と約束があって、急いでたんだ。だからそのまま置いていった。川の近くだったけれど、まさかそのまま橋を渡って、落ちるだなんて思ってなかった。橋は絶対に一人で渡るなって言ってたし、夕月も守ってたんだ」

そもそも車通りの多い道だ。

何かあったら困るから、渡る時は必ずお兄ちゃんや大人と手を繋いで歩く事――そう家族で約束していた筈だった。

だけど千葉さんが妹の姿を見たのは、それが最後になった。

「川に落ちたとしても、攫われたんだとしても、俺がきちんと家まで夕月を連れて行っていれば、こんな事にはならなかった……それはわかってるんだ」

だけど、と彼は吐き出した。

「そうですよ……犯人がいるのであれば、悪いのは100%犯人です。貴方じゃない」

そうだ――櫻子さんが弟を連れて散歩しなかったからって、櫻子さんが悪い訳でもないんだ。

けれど、それまで苦しげな表情をしていた千葉さんが、急に笑い出した。

「え？」

何がおかしいのかわからなかった。これっぽっちも。

だけど彼はこんなおかしいことはないっていうように、ゲラゲラ声を上げて笑って――

――そして急に黙った。

「犯人が悪い？　そうじゃない。世の中は悪人しかいないんだ。油断する方が悪いんだよ。油断して騙されるヤツが悪いんだ。バカが一番の悪だし、バカはどうなったって自業自得なんだよ。バカなんだから」

まるで汚い物を吐き捨てるように、彼が言う。

実際に彼の口から飛び出す、『バカ』という単語は、僕の人生で聞いてきたどの言葉よりも汚く、嫌な響きだった。

「わかるだろ？　小さな女の子が事故に遭うような状況におく親が悪い。虐待と同じだ。実際普段からネグレクトされてたんじゃないのか？　本当は親が殺したんじゃないのか？　みんなそういったよ。親父ですら、俺と母さんと祖母ちゃんが夕月を殺したんだって」

櫻子さんは黙ったまま、表情もなく、興味もないような体で車の外を見ていたけれど、彼の口から「殺したんだ」という言葉が飛び出した瞬間、ゆっくり瞬きをした。

「事実とかそんな事は関係ないんだ。事件の『被害者』ってのはさ、世の中では『加害者』よりも『悪』なんだよ。だからサギ師にも騙されたんだ。でも騙される方が悪い。バカだからだ」

　本当に汚い言葉だ。僕は二度と、その言葉は使わないでおこうと心に決めた。

「だから……貴方もサギを？」

　好美さんが、少し下げたトーンで問うた。

「サギじゃない、出し子だ。まだ使いっ走りだよ。中卒のバカなガキが、デカい事なんてやらせて貰(もら)えないんだよ。結局さっさと捕まって、保護観察処分だ。でも仕方ない、俺がバカだったんだ」

　自業自得なんだ、と彼は言った。

　百歩譲って、彼が『バカ』だったとして、僕にはそれの何が自業自得なのか全く分からなかった。

「確かに、『バカ』だな」

　けれど櫻子さんが、窓の外を見ながらポツリと言った。

「そして一部分は君の言うとおりだ。間違っていないよ。何故なら君は『バカ』という言葉に、無知や弱さ、無力さ、純真さ、あまりに様々な意味を当てはめて表現している。『ヤバイ』みたいなものだよ。――だが『バカ＝悪』という短絡的かつ強引な結論には同意しかねるな」

「ああ？　俺の頭が悪いっていいたいんだろ。仕方ない、塾費用も、高校に行く金すらなかったんだ。わかるか？　全部サギ師に搾り取られたからだ。親父にすら見捨てられたんだ。俺は夕月を死なせた張本人だから」

「でも……だったら、その苦労がわかっているのに、自分でもサギを働くんですか？」

と、僕は我慢出来ずに聞いてしまった。

「だからなんだっていうんだよ！　弱いって言うのは罪だ。弱みがあるヤツはそこに吸い付かれて終わりだ。弱いヤツが悪い！　騙されるヤツが！　バカには生きてる価値すらないんだ！」

千葉さんの汚い声が、車内に響き渡った。

好美さんと櫻子さんは黙った。

この車内に、彼の言葉を肯定する人はいなかった。

「それでも……いいえ、だからこそ、僕は断言したい。『悪いのは犯人だ』って。少なくとも千葉さんは、妹さんの事件で、一つも悪くない筈です」

それだけは、絶対に曲げられない。

「そして、お母さんを騙した詐欺師も悪でしかない。貴方のお母さんは悪くない」

櫻子さんだって悪くないし、同時に千葉さんが詐欺を働いていることは、状況と環境は可哀相だとしても、僕は正しい事ではないと思う。それは別の罪だと。

こんな事言ったら、千葉さんはさらに激昂するかもしれない。そう思ったけれど、僕は言わずにはいられなかった。

「……そりゃそうだ。一番悪いのは、夕月を殺したヤツだ」

だけど千葉さんは一瞬黙った後、小さくそう絞り出した。

「ずっと……ずっとあの子が川に落ちるはずないって思ってた。事故なんてうちじゃ親父以外誰も信じてなかった」

「だったら――」

「だけど、何をやってももう、夕月は帰ってこないんだ！」

再び千葉さんの叫びのような声が響いた。

「夕月は帰ってこない。取られた金も、親父も、俺の目指してた進路も全部だ。友達も、親戚も、みんな俺達が夕月を殺したと思っていて、俺達にチャンスもくれない。いいか？　世の中って言うのは、子供を殺す男より、子供を死なせた母親を責めるんだ」

櫻子さんが、目を伏せた。

「おかしいだろ？　子供を殺して川に投げる事よりも、ほんの一瞬子供から目を離す事の方が、今の世の中は大罪なんだぜ？」

そこまで言うと、千葉さんの両目から涙が溢れた。

やり場のない怒り、矛先を失った憎悪、自分たちを憎むしかなかった彼の不条理さが、僕の胸を突いた。

それ以上、どう言えばいいかわからなかった。

でも僕は、どうしても彼を責めたくなかったのだ。遺族が責められる世の中を、当たり前だなんて思いたくない。

「でも……もういいんだ」

「え？」

そこまで言うと、千葉さんが安堵にも似た息を吐きだした。

「やっと……やっとだ。やっと復讐できる」

「千葉さん……」

「犯人を殺してやる。ずっと殺してやりたかった。夕月の何倍も痛い目に遭わせて、川に突き落としてやるんだ……」

叫ぶより、怒鳴るより、抑揚のない昏いその声が、僕の心臓を冷たく握りつぶす。

ただ、ただ悲しい。僕の目にも、涙がこみ上げてきた。

『復讐なんて間違いだ』

二年前の僕なら、そうはっきりと言い切れただろう。

でも、僕にはもう、その言葉は言えなかった。ただ目の前で、憎悪に身を焦がしている人達が、どうにかして救われて欲しかった。

「でも……本当に、本当に、その人が犯人なんですよね？」

既に僕と櫻子さんは、亡霊に一度騙されている。正直これから会う犯人だって、本当にその人が犯人かどうか、信じることが出来ない。

「その人が、惣太郎君と夕月さんを殺した犯人だという証明が出来るんですか？」

「だから……信用出来る人の情報だけれど……それは本人に確認しましょう」

好美さんが、またか、という風に眉間に皺を寄せながら言った。

「聞いて犯人が素直に答えるというのか？」

櫻子さんが冷ややかに言った。

「多分、私にならね——だって『首』があるもの」

好美さんが薄く笑う。

「これを手に入れるためなら、数百万を出す人がいるの。警察ならいざ知らず、私達だって後ろめたい連中なのよ。犯罪自慢では無いけれど、大金を手に入れる為なら彼も口を割るでしょう——だから無事交換するまでは口を挟まないでね」

「でも、交換した後は好きにしていい」そう好美さんが言うと、千葉さんが嬉しそうに
「そんなの川に突き飛ばす以外にあるかよ」と笑った。

その笑い声をこれ以上聞きたくなくて、僕は意識を窓の外に移した。丁度車がトンネルに入った。ガラス越し、櫻子さんの姿が映った。

「貴方はそれでいいの？」

と、好美さんが櫻子さんに問う。

「邪魔するようなら、あんたも殺したっていいんだぜ」

と千葉さんが言った。

「…………」

「ずっと涼しい顔をしてるけど、あんたは憎くないのかよ？　犯人の事が」

返事のない櫻子さんに、千葉さんがムッとした。

「犯人のことは憎い。怒りと憎悪が、こんなにも血を沸騰させるような、炎のように熱く、液体窒素のように冷たい感情だとは知らなかったよ」

その言葉に、かつて犯人と思った男に激昂した櫻子さんの姿を思い出して、僕は言いようのない焦燥感に駆られた。今すぐこの車から、彼女の手を引いて飛び降りたかった。

「……だが、殺してそれで終わりなのかと考えていた」

「どういう意味だよ」

「本当に復讐は蜜の味なのか？　犯人を殺しても生活は変わるまい。それどころか、逆に殺人罪に問われるリスクが増えるだけだ。失われた物からは、更に何かを犠牲にしたところで、何も生まれない。折れた骨とは違うんだ。失われた骨は、いつまで経っても失われたままだ」

けれど千葉さんは、そんな櫻子さんを笑い飛ばした。

「別にいいさ。犯人さえ殺せたら、別に捕まったって構わない。ただ生活リズムが規則正しくなるだけだろ？　逆にあんたはいいのかよ、犯人がのうのうとこれからも生きていく事を許せるのか？　腹が立たないのか？　殺したくないのか!?」

その質問に、櫻子さんは顔を顰めた。

「問題はそこだ……復讐の是非より、再犯の有無だ。別の子供が狙われる可能性がある。勿論彼の加齢によって、対象年齢も上がるのも珍しくはないが、高齢者の性犯罪は、統計的に小児わいせつ型が多いのもまた事実だ。若くて健康的な相手を襲うのは、体力がいるしね。再犯を行った者のうちの約七割が性犯罪者という統計もある」

ふーっと深く息を吐き、櫻子さんが膝を組み、思案するように尖塔のポーズを取った。

「特に性犯罪は極論ご褒美スイーツと同じなんだよ。今日は嫌な事があったから、自分を甘やかす為に、子供を襲おう……みたいにね。彼らは自分の中に理由さえあればやっていいと思っている。触れるところに立っているから、触って抵抗しなかったから、酔っているからやっていい——法律や、相手の意思は関係ない。そこに攫いたい子供がいて、攫える状況であるならば。理由はいくらでも後付けすればいい」

「…………」

ぞっとする話に、気分が悪くなった。千葉さんですら、激しく嫌悪の表情を浮かべている。

「異常だと思える君達には無縁の罪なんだ。そして本当にその男が犯人だとして、彼の犯罪衝動の根底にあるのは性衝動であり、その結果子供を殺していたなら、再犯の可能性は否めない。欲望や保身の為に子供を殺せる無情な男なのだから、タイミングさえ揃えばまたやるだろう」

「そんなヤツ、やっぱり殺すしかないだろ」

千葉さんが確信したように呟いた。

「俺が殺る。俺にとって人生で一番大事なことは、夕月を殺した犯人を殺すことだ。その後はどうなったっていいんだ。あの子が死んで、俺も全部終わったんだ。逆じゃなくて良かったとすら思うよ。死んだ夕月は可哀相だけど、生きなきゃいけないとしたら、もっと酷い目に遭ってたと思う」

だから俺で良かった。俺が犯人を殺す、そう千葉さんが力強く言った。

「……君はまだ若いよ。人生を語るには」

ぽつり、と櫻子さんが呟いた。

彼はまだ若い――そうだ、生きていたら、惣太郎君と同じくらいの歳だろう。

「意外だわ。貴方はもっと、怒るって聞いていたわ？　以前、別の男を殺そうとしたって」

そんな櫻子さんに、好美さんが不思議そうに言った。

「そうだな。確かにそうだ……だから、その時になってみないと私もわからない。だが一つだけ言えるのは、すべて『私の痛み』だ。怒りも、哀しみも全て、私の感情は私の物だ。誰かに同情されたいとも、理解して欲しいとも思わない。これは全て私だけの物だから」

櫻子さんだけの痛み――それは、僕の事すら拒絶するような言葉で、また不安が僕の胸を締め付けた。

　でもその時、国道12号を走ってた僕らの目に、とうとう神居古潭の文字が見えた。右折の看板が。目的地はもう、すぐそこだ。

「俺が殺したって言ってくれ」

　不意に千葉さんが言った。

「……もし警察にバレても、あんたらは止めたと言えばいい。それでいいんだ、ヤバいと思ったら逃げてくれよ。俺はあんたらを責めたりはしない。俺の邪魔さえしないでくれるならそれでいいから」

　覚悟を決めた表情に、一瞬櫻子さんの眉が歪められた。

「櫻子さん……」

　咄嗟に僕は、彼女の手を握った。何かをつなぎ止めたくて。彼女を行かせたくなくて。

　だけど櫻子さんは僕の手をやんわりと解かせた。

　どうして手を離してしまったのかと、いつか後悔するような気がしたけれど、彼女はやっぱり僕には触れられない人だった。

■肆

　待ち合わせは駐車場からそう遠くない、橋の方だった。

でもそこに人気はなく、駐車場の車も僕ら一台だけだ。

「寒いな」と呟いて、千葉さんが車の暖房を上げるように求めた。

「自律神経の問題だ。緊張で寒気を感じているんだろう。心臓が速く脈打つので動悸が激しくなり、血管が収縮する為、冷や汗や悪寒を感じたりする。君の身体が不安を感じているのだろう」

「鼻水もか？」

相変わらず冷静な櫻子さんに、千葉さんが怪訝そうに聞いて鼻を啜った。

「それは血管運動性鼻炎じゃないかな。寒暖差が原因で、一時的にアレルギー性鼻炎の症状が出る。それもストレスが原因で発症しやすい——まあ、単純に風邪の可能性も否めないがね……ああ、同じ哺乳類なのに、人が犬より風邪をひきやすい理由を知っているか？」

これから人を殺すかもしれない状況なのに、彼女はあくまでもマイペースだ。

「蝶形骨洞の下だ、人間は粘液の排液システムの設計に失敗した生物だ。上顎洞の高いところにあるせいで、排液は重力に逆らった形で行わなければならない。犬より遥かに粘液が溜まりやすい分、細菌やウィルスに冒され、炎症を起こしやすくなるんだ」

そんな話聞きたくない。犬より病気になりやすいだなんて。

「ああ——別に珍しい事じゃないさ。脊椎動物は何故か網膜が後ろ向きについているし、人間は頭が大きすぎるせいで、出産が困難だ。設計ミスは他にも沢山ある。だがそんな状況でも、頑なに『生きよう』とするのが人間だ。それが命だ」

「そして、私達は生きている」――と、櫻子さんが熱っぽい調子で言った。

千葉さんが一瞬、何かを言いたげに口を開いた。その顔には、不意に弱さのような物が見えた。

でも次の瞬間、僕らの目に一台の白い車が見えた。

「……そんなの川に突き飛ばせば、すぐに死ぬ。簡単に死ぬ」

千葉さんが吐き捨てるように言った。

車はゆっくりと、僕らの横に来て駐まる。運転席には老人が一人乗っていた――いや、老けて見えるだけで、もしかしたらもう少し若いのかもしれない。

男が車から降りた。

好美さんがごくん、と僕にすら聞こえるくらいの音を立てて、唾液を嚥下した。

多分恐怖にだ。

それでも彼女は気丈に深呼吸をし、同じように車から降りた。

男は清潔感に欠けたよれよれの服、ギトギトとした髪、乱杭歯、ぎょろぎょろした目とこけた頬、なんとも恐怖心を誘う雰囲気を醸していた。

こんな人に、好美さん一人で対峙させていいのかと不安になる。

でも車から降りて良いとは言われてない――何かあったらすぐ駆けつけられるよう、僕はシートベルトを外した。

前の席で千葉さんは、ギシギシ後ろの席まで振動が伝わるほど、激しい貧乏揺すりをしている。

櫻子さんは腕組みをして、二人を凝視している。

僕はあんまり緊張して、息をするのを忘れていたことに、苦しくなって初めて気がついた。

好美さんと男の話は難航しているのだろうか——好美さんが一瞬顔を顰めた。

男はすぐに人形の首を出してくれないようだ。

どうしましょう？　と僕は櫻子さんを見た。

その瞬間、ぎし、と車が揺れたかと思うと、千葉さんが車から飛び出した。

「な……千葉さん⁉」

止める間もなく、千葉さんが男に殴りかかった。

その手には、金属バットが握られている。

ガシャーンと、ものすごい音がした。

「ああ……」

車から降りた僕の目に映っていたのは、割れたフロントガラスの横で、震えている男の姿だった。

「やめなさい！　やめて！　まだ人形の首を手に入れてないわ！」

好美さんが叫んだ。

「うるさい！　さっさと殺すんだ！　殺させろ！」

渓谷に、千葉さんの怒りの声が轟く。

「な、なんだよこの男！　借りた車だぞ!?」

男が悲鳴を上げた。

「恐ろしいな。私もこうだったのか？」と、一人冷静に櫻子さんが呟いた。

「危ないから車にいてください」

そんな事言ってる場合かと思いつつも、少なくとも今櫻子さんが、犯人を前に冷静であることに安心した。

「あああああああ！」

再び千葉さんが大声を上げ、バットを振り上げる。

男が慌てて駐車場脇の雪山に転がった——が、逃げ切れなかったみたいだ、バットが鈍い音を立てて男の頭をかすめた。

「きゃっ」

好美さんは気丈に千葉さんを止めようとして、背中にしがみつく。でも振り払われて、雪の上に倒れた。

「落ち着いてください！　その人じゃなかったらどうするんですか！」

「うるせえ！　関係ねえ！」

「関係ありますよ！　万が一その人を死なせたせいで、真犯人にたどり着けなかったらどうするんです!?　大事な復讐の機会を逃してしまったらどうするんですか！」

「あ……」

そこでやっと、彼は我に返ったように、バットを握る手を下げた。

「脳震盪のようだ」

いつの間にか車から降りていた櫻子さんが、倒れた男を見て言った。

「そうだ――正太郎の言うとおり、本当にこの男なのかの確認が取れていない。偽者かもしれない」

「……全部殺せばいつかは本物にたどり着くだろ」

それでも諦めきれないように、千葉さんが低い声で呟くように答える。

「本物にたどり着けなくなるかもしれないだろう？　確認が取れた後なら君の好きにすれば良いが、少なくとも今はまだ早い」

そう言うと、櫻子さんは男を抱き起こすように言った。

「……どうするの？」

どうやらガラスの破片で手を切ったらしい、好美さんが顔を顰めながら問う。

「仕方ない、車に乗せよう――何か拘束する物を用意していないのか？」

「あるわ。ビニールテープが車の中に」

櫻子さんに言われ、好美さんが小さなトランクを指差す。その手から血が滴る。

「少年達、男を縛って車に乗せろ。好美、お前は傷の手当てが必要だ」

「……なんでアンタが仕切るんだよ」

それに少年『達』って……と、テキパキと指示する櫻子さんに、千葉さんが不満そうに声を上げた。

「失敗したくないだけだ。君たちは少々頼りなさ過ぎる」

千葉さんは鼻の頭に皺を寄せて、更に不機嫌そうな顔をしたけれど、どうやら異論はないらしい。

僕らは二人で倒れた男の手足をビニールテープでしっかりと縛り、男の車の後部座席に横たわらせた。

その間に櫻子さんは、同じく好美さんが車に用意していた、救急箱で彼女の傷を手当てした。

「どのみち、ここでこの男を殺すのは、痕跡を残しすぎだ」

処置を終えた櫻子さんが、もう一度男の殴られた頭を調べながら言った。

殴られた部分は腫れ上がり、うっすらと出血もしているようだ。

「検死で明らかに鈍器で殴ったとバレるだろう。現場にガラスの破片だけでなく、好美の血痕も飛び散っている」

「…………」

車の外で、叱られたように、千葉さんが俯いた。

「殴った場所を、冷やした方が良いかしら？」

好美さんが言った。

「そうだな……持病がなければ良いが、まあ冷やす方が賢明だろう」

そう言って櫻子さんが、好美さんの車に残った自分のバッグを指差した。言われるまま、彼女の鞄から、動物の死骸拾い用のビニールパックを取り出し、雪を詰めた。

「う……っ」

冷やされた刺激だろうか、男が目を覚ました。

「……どういう事だよ」

縛られ、後部座席に転がされ、僕らに見られている自分の状況に、彼は諦めのような、力ない声を絞り出した。

「君の過去の余罪について確認したいだけだ」

櫻子さんが答える。

「話せば殺すのか？」

「わからない。けれど話さなければ容赦しない男がいる……このまま放置していけば同じ事だろうしね」

車のガラスは割れている。もうすぐ日も沈むだろう——このまま、こんな人気のない所に取り残されれば、彼は凍死してもおかしくなかった。

「……何が知りたい？」

男が深い溜息と共に吐き出した。

「君が過去に攫って殺した子供達の事だ」

櫻子さんの問いに、男が急に笑った。

「何がおかしい？」

「誘拐は金にならない。危険しかない」

「金のためではなかったら？」

「金のため以外に、なんでガキを攫う必要があるんだ？」

男が呆れたように言った。

僕らは顔を見合わせた。

「……私達は、貴方が小児性愛者だと聞いているわ」

好美さんが震える声で切りだす。そしてそのまま、おそらく彼女が聞かされた、彼の罪を突きつけた——が、彼は再び笑い飛ばした。

「俺が本当に役立たずかどうか、ズボンを下げて試してくれたらいい。そこのお姉ちゃんでもいいさ」

男がそう言って、いやらしく腰を揺すって見せた。

好美さんが咄嗟に顔を背ける。

「……アンタら騙されてんだよ。殺すなら金持ちにするよ。一銭にもならない子供を殺すなんて」

「そんな……嘘よ……」

好美さんが困惑を隠せず、声を震わせ、いやいやと首を横に振った。

僕と櫻子さんは、やっぱりそうだったのかと諦め半分、安心半分の息を吐いた。

でも許せなかったのは千葉さんだ。

「嘘だ？　本当か？」

「え？」

「本当は知ってたんじゃないのか⁉　俺を騙したんじゃないのか⁉」

感情の昂ぶるまま、千葉さんが声を荒らげた。声のボリュームと共に、彼の感情もまた激しく猛る。

「千葉さん！」

千葉さんが好美さんの喉元を摑んだ。

「ああ⁉　言えよ！　お前も俺を騙したのかよ！　バカにしやがって！　バカにしやがって‼」

そう叫びながら、千葉さんが好美さんを揺さぶった。

「千葉さん、落ち着いてください！　まだ――」

「いい加減に黙れ！　話の邪魔だ！」

慌てて止めようとした僕ごと、櫻子さんが一蹴した。

「私達は君の話をどこまで信用して良いのかがわからない。少なくとも、どうして君がこの場に選ばれたのか知りたい」

櫻子さんが、再び男に静かに問うた。

「……そんな事知るかよ」

「何故金が必要だ？　金のために人形の首が必要なんだろう？」

「金のいらないヤツなんているかよ」

「これが真っ当な取引でない事ぐらい、君だって分かっているだろう。現に殴られても冷静だ。多少の怪我は覚悟していたんだろう？　何故そこまでして金が欲しい？」

　その質問に男はしばらく悩んでいたけれど、やがて諦めたように溜息を洩らした。

「……娘の為だ」

「娘？　君の娘か？」

「母親同様男運が無いんだ……娘と孫を殴るような男と暮らしてるが、逃げだそうにも逃げた先で暮らす金も無い」

　しかも娘さんのお腹の中には、赤ちゃんもいるのだと、彼は言った。

「自分で働くのも楽じゃないだろう。今まで父親らしい事は何もしてやってないんだ、そのくらいしてやってもいい筈だろ……」

　自嘲気味に男が吐き出した。男の饐えたような体臭に混じり、酷い口臭が辺りに漂った。

「本当か？」

「アンタらには残念そうだがね」

　念を押す櫻子さんに、彼は腰を突き出し、自分のポケットから携帯電話を取るように言った。時代遅れのガラケーだ。

画面を開くと、待ち受けは子供を抱く若い女性の画像だった。

好美さんが深い溜息を洩らした。失望の吐息を。

「……そんな事で信用するのかよ。全部嘘かもしれないだろ⁉」

諦められないというように、千葉さんが怒鳴り声を上げる。

「子供の嗅覚は馬鹿にならない」

けれど櫻子さんがきっぱりと言った。

「少年。この男を初めて見てどう思った？　男の印象だ。素直な感想を言え」

「え？」

「忌憚なく、はっきりと。感じるままに言え」

「…………」

本人を目の前にして、口にしにくい印象だ。僕は戸惑ったけれど、櫻子さんが「ほら」と顎をしゃくって促す。

「……なんとなく、怖かったです。見た目で人を判断するのが、いい事じゃ無いって言うのはわかってますが」

仕方なくそういった。これでも随分婉曲的に表現したつもりだったけれど、櫻子さんはにっこりと笑った。

「そうだな――そしてそれが全てだ。少なくとも惣太郎は警戒心の強い子だった。見るからに違和感を持つこの男には、近寄らないし気をつけただろう。君の感じた恐怖を、幼いあの子が感じない筈がない」

「あ……」

「それにこの男が子供に近づけば目立つ。周りは警戒するし、子供は勿論そうだ。そう簡単にこの男について行きはしないだろう」

「でも……車で強引に連れ去られたなら？」

小さな惣太郎君なら、軽々と抱き上げられた筈だ。

「確かに、車は動く密室だ。だが万が一誰かに見られた時、すぐに通報されるような状況で子供を攫うだろうか？　リスクを無視して、一か八かで罪は犯せない。よほど衝動的なのであれば話は別かもしれないが、子供を攫うんだ。犯人は被害児童を物色した上で決めただろう。罪を犯すには、それが可能な『状況』が必要なんだよ」

そこまで一気にまくし立てると、櫻子さんはふう、と一息ついて、また静かに微笑んだ。

「私はこの男が事件を起こしたとはとうてい思えない」

「わかったような事を、偉そうに言いやがって……」

まだ信用出来ない――いや、信じたくないのであろう、千葉さんが櫻子さんを睨んだ。

「黙れ。私は君の何倍も、犯罪に詳しい」

櫻子さんがキッパリと断言する。

「君が社会を憎み、弱さを否定して、悪によって社会に復讐しようとしていた時、私は罪について学んだ。どうして人間は罪を犯すのか、どうやって殺され、人はどんな風に死ぬのか――私の情熱はそこにそそがれたんだ。だから私はこの男を犯人だとは思わない。二度は騙されない！」

そうだ、二度目は信じない。僕も頷いた。

「だったら、やっぱりお前が騙したんだな！」

千葉さんがまた、好美さんに怒鳴った。

「ひっ」

いつの間にか、運転席側に回っていた好美さんが、小さく悲鳴を上げる。

「――お前！」

一瞬の沈黙の後、千葉さんの怒りが激しく爆発した。

好美さんの腕には、拳大の何かが入った、コンビニのビニール袋が抱きしめられている。そして、その手首には、旭山動物園の紙袋が引っかけられていた。

「好美さん!?」

荒々しく流れる石狩川、神居古潭の渓谷を繋ぐ、白い神居大橋は、冬期でキケンと黄色いテープが貼られ、通行止めの看板で閉鎖されている。

けれど好美さんは、それをかき分けるようにして橋に入った。

慌てて千葉さんが追いかけようとすると、橋が激しく揺れた。神居大橋は吊り橋なのだ。

「近づいたら捨てるわ！　私ごと飛び込んだっていい！　みすみす数百万を川に捨てたいなら、そうしなさいよ！」

手すりにしがみつき、雪で滑りながら、好美さんが叫んだ。

「くそ……」

千葉さんが呻く。

確かに数百万といわれると、怯んでしまう気持ちも分かった。

だけど怒りと天秤にかけ、彼は結局自分を抑えられなかった。

「待てよ!!」

怒号を上げながら、少し遅れて千葉さんが好美さんを追う。

そんな千葉さんを、僕と櫻子さんは追いかけた。雪と揺れる吊り橋が、お互いの歩幅を狭め、追いかける足を鈍らせる。

川からびゅうびゅう吹き荒れる風に、時々身体が攫われそうになった。

それでも僕らは、必死に二人を追いかけた。

「うっ」

「櫻子さん！」

うっかりと足を滑らせた、櫻子さんが膝を突く。

慌てて彼女に手を伸ばすと、櫻子さんはしっかりと僕の手を握ってくれた。

強く握り直した。

何があっても、僕はこの手を離さない。彼女を守る為なら。

橋は永遠に続く気がしたけれど、やがて対岸に着いた。

古い駅舎と、ＳＬが目に入る。

でも冬期はどこにも入れなそうだ。好美さんの姿はない。ただ千葉さんが廃トンネルに向かって走って行くのが見えた。

僕らも走った。

トンネルは寒く、既に日が陰って真っ暗だ。

「出てこいよ！　逃がさねえぞ！」

威圧的に千葉さんが叫ぶのが聞こえる。

「落ち着いてください、千葉さん！　これは復讐とは違うじゃないですか！」

必死に声をかけたけど、返ってきたのは判別の難しい怒鳴り声だった。

こうなったら、好美さんには逃げて貰うしかない。なんとかして千葉さんを取り押さえなきゃ……そう思って必死に二人を追いかけた——けれど、ゴールは唐突に僕らを待ち受けていた。

トンネルの出口が、冬期のため完全に閉じられてしまっていたのだ。

「あ……ああ……」

好美さんの口から、絶望するようなすすり泣きが洩れた。

「首を出せよ！　俺を馬鹿にしやがって！」

千葉さんが吠える。

「違うわ！　私は本当に知らなかった！　私も騙されてたのよ！」

好美さんが反論したけれど、相変わらず千葉さんに、聞き入れる余地はないようだ。

「だから、少しは落ち着いてくださいよ！　こんな事で事件を起こしたら、誰が夕月さんの未練を果たすんですか！」

叫びながら、僕はスマホの電源を入れた。

ライトで照らすと、可哀相に地面に這いつくばってすすり泣く好美さんの服を、髪を、千葉さんががむしゃらに引っ張っているのが浮かび上がる。

「……お願いだから、少しの間黙って僕の話を聞いて下さい」

僕はできるだけはっきりと、みんなに聞こえるように言った。

「僕たちは何をしてるんですか？　みんな……本当はこんな事したい訳じゃ無いはずだ。なのに今、怪我をして血を流してる人が二人もいて、しかもこんな場所……冬の神居古潭トンネルで、更にお互いを傷つけあおうとしてる……間違ってますよ。今の僕らに必要なのは、人形の首じゃ無くて、救急車とパトカーです」

「……何が言いたいんだよ」

千葉さんが不満げに呻いた。

「だから、こんな事は……」

「いいや、確かにこの子の言うとおりだ。無駄な争いをする必要はない。そうだな、頭が三つあるなら、三人でわけたらどうだ？」

僕を庇うように、櫻子さんが僕の前に立った。

「はぁ？　あんたバカじゃ無いのか？　ここの連中をみんなぶちのめせば、三つ手に入るのに、なんで一つで我慢しなきゃいけないんだよ」

「それは……」

確かに彼の言うとおりだ。でも——清美さんの人形の首だけは許して貰えないだろうか。

「せめて、二個で納得出来ませんか……？　三個のうち一つは、好美さんのお姉さんの形見なんです。せめてそれだけでも好美さんに返してあげてください。そして……そこからもう一度考えましょう、きっと犯人は別にいるんですよ！」

「うるさい！　だから黙れ！」

千葉さんが一際大きな声を上げた。

「あぐっ」

好美さんを摑む手を乱暴に離した勢いで、彼女は地面にたたきつけられた。

痛々しい音がした。

「やめてください……お願いだから！」

けれど懇願する僕に、千葉さんは冷ややかだ。

彼は覚悟を決めるように深呼吸をし、手にしていたバットを、地面に這いつくばる好美さんの後頭部に狙いを付け、ゆっくりと振り上げる。

「ダメですよ！」

慌てて間に入ろうとする僕の手を、今度は櫻子さんが握った。強く。

「待て」

櫻子さんが僕と、そして千葉さん、両方に言った。

「千葉と言ったな。人を殺したことがあるのか？」

そして彼女は、まっすぐ千葉さんを見て、彼に問うた。

「……なに？」

「君は人を殺したことがあるのか？　と聞いたんだ。泣いている女をバットで撲殺するというのは重労働だぞ。さっき男を殴った手ですら震えていた君にできるのか？」

「……殺れるさ」

千葉さんが、苛立ったように反論した。

「そうだろうか？……君は人間を殺す感覚の不快さを知っているのか？　本当に？　そのバットで、この女が死ぬ程強く、何発も殴れるのか？　何処を殴る？　私達も殺すのか？　目撃者だぞ。三人だ。男を入れれば四人――そんなバット一本で？　血と脂肪で滑って、すぐに殴れなくなるだろう。骨の折れる感触、血と臓物の臭い……君に本当に耐えられるのか？」

ゆっくりと、耳をねぶるような櫻子さんの声。

　ごくん、と千葉さんが唾液を嚥下した。

「いいかい？　人間という生き物は、人間の死体が大嫌いなんだよ。倫理なんてものの話をしている訳ではないよ。もっと本能的な話だ。人間はね、人間の死体がとにかく恐ろしくて、気持ちが悪いものなんだよ。それでも殺すのか？　君はまだ若い。残りの人生、そのおぞましい感触を思い出し、恐れて生きるのか？　人生を終わらせたつもりでも、人間はなかなか死なない。耐えられるのか？　本当に」

「…………」

「一人で寝床に入った時、不意に思い出すだろう。誰かの肌に触れた時、血の臭いを嗅いだ時、何もない時、ふとした瞬間に、記憶がよみがえる。死んだ女の身体からした不快な音、瞳孔の開いた瞳、くぐもった叫び——記憶が君から平穏を奪うだろう。そんな女を殺して、君は自分の一生を無駄にするのか？」

　それは、善や悪とは、別の次元で生きている櫻子さんらしい言葉だ。目眩がするほどの恐怖と、嫌悪感、そして同時に耳を覆う事もできない、不思議な説得力がある。

「君は何のために生まれたんだ？　他人に人生を蹂躙させるのはもうやめるんだ——二つの首を売った金で、やり直せ。学ぶ気があればいつでも進学は出来る。仕事もだ。誰も君を知らない遠くの街でやり直せ——それは、生きている私達だけが出来る事なのだから」

「う……」

がらん、とバットが地面に転がり、トンネルの中にわんわんと音が響き渡った。

「俺——」

千葉さんが何か言いかけた。

その時、ゴッとくぐもった音があたりに反響した。

「よ……好美さん……」

ずるっと、力なく千葉さんが倒れ込む。

その後ろに、トンネルから剝(は)がれ落ちたコンクリートブロックを手にした、好美さんが立っていた。

〈参考文献〉

『子どもは「この場所」で襲われる』小宮信夫　小学館
『泥棒はなぜ「公園に近い家」を狙うのか？　―誰も知らなかった、お金と手間をかけない防犯術』梅本正行　現代書林
『人体、なんでそうなった？　余分な骨、使えない遺伝子、あえて危険を冒す脳』Nathan Lents　久保美代子訳　化学同人
『悪魔の辞典』アンブローズ ビアス　奥田俊介・倉本護・猪狩博訳　KADOKAWA

＊本書の執筆に際し、取材にご協力頂きました方々に、厚く御礼申し上げます。
佐藤喜宣様（杏林大学医学部名誉教授）
盛口満様（沖縄大学人文学部こども文化学科教授）
北海道新聞社

長野県　蝶の民俗館　今井彰様
北海道　旭川市旭山動物園

本書は書き下ろしです。
この作品はフィクションです。実在の人物、団体等とは一切関係ありません。

櫻子さんの足下には死体が埋まっている
蝶は聖夜に羽ばたく

太田紫織

令和2年 9月25日 初版発行
令和6年 11月25日 再版発行

発行者●山下直久

発行●株式会社KADOKAWA
〒102-8177 東京都千代田区富士見2-13-3
電話 0570-002-301(ナビダイヤル)

角川文庫 22339

印刷所●株式会社KADOKAWA
製本所●株式会社KADOKAWA

表紙画●和田三造

●お問い合わせ
https://www.kadokawa.co.jp/（「お問い合わせ」へお進みください）
※内容によっては、お答えできない場合があります。
※サポートは日本国内のみとさせていただきます。
※Japanese text only

ISBN 978-4-04-109877-6 C0193

◆◇◇

角川文庫発刊に際して

角　川　源　義

第二次世界大戦の敗北は、軍事力の敗北であった以上に、私たちの若い文化力の敗退であった。私たちの文化が戦争に対して如何に無力であり、単なるあだ花に過ぎなかったかを、私たちは身を以て体験し痛感した。西洋近代文化の摂取にとって、明治以後八十年の歳月は決して短かすぎたとは言えない。にもかかわらず、近代文化の伝統を確立し、自由な批判と柔軟な良識に富む文化層として自らを形成することに私たちは失敗して来た。そしてこれは、各層への文化の普及滲透を任務とする出版人の責任でもあった。

一九四五年以来、私たちは再び振出しに戻り、第一歩から踏み出すことを余儀なくされた。これは大きな不幸ではあるが、反面、これまでの混沌・未熟・歪曲の中にあった我が国の文化に秩序と確たる基礎を齎らすためには絶好の機会でもある。角川書店は、このような祖国の文化的危機にあたり、微力をも顧みず再建の礎石たるべき抱負と決意とをもって出発したが、ここに創立以来の念願を果すべく角川文庫を発刊する。これまで刊行されたあらゆる全集叢書文庫類の長所と短所とを検討し、古今東西の不朽の典籍を、良心的編集のもとに、廉価に、そして書架にふさわしい美本として、多くのひとびとに提供しようとする。しかし私たちは徒らに百科全書的な知識のジレッタントを作ることを目的とせず、あくまで祖国の文化に秩序と再建への道を示し、この文庫を角川書店の栄ある事業として、今後永久に継続発展せしめ、学芸と教養との殿堂として大成せんことを期したい。多くの読書子の愛情ある忠言と支持とによって、この希望と抱負とを完遂せしめられんことを願う。

一九四九年五月三日

櫻子さんの足下には死体が埋まっている

わたしを殺したお人形

太田紫織

櫻子さんの原点、美しい頭蓋骨のミステリ！

北海道・旭川。冬の川で、僕、正太郎は櫻子さんと、無残なご遺体を「拾った」。けれど彼女とならば、そんな日々すら続けばいいと願ってしまう。そんな僕のもとに、新聞記者の八鍬士という人が現れた。事件に遭遇しがちな僕らを怪しんでいるらしい。彼は櫻子さんに、美しい頭蓋骨の写真を見せた。事故の被害者が持ち歩いていたという、女性の頭蓋骨。そして僕らに「探偵ごっこを見せてほしい」と言い出し……。櫻子さん真骨頂の物語!!

角川文庫のキャラクター文芸

ISBN 978-4-04-108053-5

昨日の僕が僕を殺す

壊された少女たち

太田紫織

心霊調査で、あやかしの友達のお悩み解決!?

北海道、小樽。男子高校生のルカの世界は「あやかし」だらけ。居候中のパン屋を経営する汐見は本物の「天狗」だし、料理の名人ペトラは美人の「吸血鬼」。同級生で「狸」の田沼とも、最近やたらと仲がいい。しかし他にも雑多な恐ろしいモノが視えて困惑気味。そんな中、田沼が片思いの女子の悩みを相談してきた。それは彼女の友達が「霊魂さま」という降霊術で「殺された」というもので……。ほっこり怖い青春系謎解き怪談、第3弾。

角川文庫のキャラクター文芸

ISBN 978-4-04-109192-0